冬月光輝
illustration
夏葉じゅん
身代わりの花嫁は
人
契する
novel
スピラ

「反逆者だとォ!!
誰に向かってそのような
口を利いている!?」
《クラウス・ベルゼイラ》
ベルゼイラ王国の第一王子。
弟を疎ましく思っている

《シュバルツ・ベルゼイラ》
ベルゼイラ王国の第二王子。
戦場の天才と称される
《ミネア・アウルメナス》
アウルメナス家の双子の姉。
魔力に乏しく、
人質として隣国に送られる
「殿下には指一本も触れさせません！」
「黙れ、クラウス！
これ以上の身勝手は許さん！」

「私は目を見るだけでその人の心が読める。もうすでに、すべてを見通しているんですよ」
《イルフィード》
ベルゼイラ王国で多大な信頼を集める予言者

冬月光輝
illustration
夏葉じゅん
身代わりの花嫁は
優雅な人質ライフを満喫する
novel スピラ

Contents

プロローグ

聖女とは、国を守護する要《かなめ》となる存在。

教会が課す、厳しい試験に合格したわずかな者だけがその栄誉ある称号を手に入れられる。

人の傷を癒《い》やす魔法や国に仇《あだ》をなす者の侵入を防ぐために結界魔法を使い、その魔力は大きいが時には天候さえ自由に変えて、農作物を守る力がある者。

聖女の称号を持つ者はそれだけで畏敬《いけい》の念を抱かれていた。

アウルメナス家は代々聖女を輩出してきた名家であり、生まれつき高い魔力を持つ者が多い家系である。

我が家は父と母と妹の四人家族であるが、その中でも双子の妹であるジル・アウルメナスはアウルメナス家の歴史の中でも特に強い魔力を持って生まれ、最高の聖女として名を馳《は》せていた。

「それに比べて私は……」

鏡に映る自分の姿を見て、私は落胆する。

この銀髪も、紫の瞳も、瓜二つの私と妹。それなのに――。

私、ミネア・アウルメナスは双子の妹とは違って魔力の量が少なかった。

私の魔力では、簡単な魔法さえ使えなかったので、両親から聖女になる素質はないと、落ちこぼれの烙印《らくいん》を押されてしまう。

――アウルメナス家では魔力の量こそが人間の価値のすべてなのだ。

両親は妹のジルのことは幼いときより天才だと褒めちぎり、英才教育を受けさせて、姉の私にはなんの期待もしてくれなかった。

魔法や聖女試験の勉強のためにジルには何人もの家庭教師をつけ、私に対してはグズだのノロマだのと罵《のの》り、使用人以下の扱いをする始末。

(だからこそ、いつか家族に認めてもらいたかった……!)

私はなんとか力を得ようと、必死で努力した。

まずは、古代文字を独学で勉強して、古文書から〝精霊術〟という古代人の魔法技術に関する記述を発見した。

それは自然界……つまり大気中に漂っている視認できない精霊の魔力を少しずつ分けてもらって自らの力に変換する術で、魔力を持たない私にも扱える技術だった。

(血の滲《にじ》むような努力はつらかったけど、なんとか使えるようになったわ! 精霊術で魔力さえ得られれば、それを利用して魔法を使うことができる)

最初は吸収した魔力が体内で暴走して怪我をすることも多かった。

火傷《やけど》を負ったり、身体中に傷を負って大量に出血したり……ボロボロになって屋敷に戻ったこともある。

だが、両親は私に無関心でそれにはまったく気が付かず、使用人の一人が慌てて医者に連れて行ってくれることなどもしばしばあった。

体内の魔力が安定してもそこから自在に魔力を使用するのはもっと大変で、暴発する魔法のせいで死にかけたことは両手では数え切れないくらいだ。

それでも私は認められたかった。力が欲しかった。

そして、ついに私は納得できる力を手に入れたのだ……。

昨日、秘密の特訓場所で大岩に圧縮した魔力の塊をぶつけて打ち砕いた感触を思い出しながら、私はうなずく。

これなら聖女に匹敵するだけの力量を発揮することができる。

そんな自信を持って両親に術を披露しようとしたんだけど——。


「弱者の考えた工夫など見るに値しない」

「生まれながらの落ちこぼれであるお前にはなんの期待もしていません」

両親たちは精霊術に興味すら持ってくれなかった。

自分以外のもの、ましてや自然から魔力を借り受ける術など、自らが弱いと言っているようなもの。

由緒正しい魔術師の家系であるアウルメナス家にとって、それは邪道《じゃどう》だと父は断じた。

(ほんの少しくらい時間を取ってくれても良いじゃない！)

私は涙を堪えるのがやっとだった。

家族の一員として認められたいと考えていたのは私の独りよがりの夢で、両親は私の努力などどうでもいいのだろう。

最高の聖女として名高いジルがいれば家族は幸せ。

落ちこぼれの私など存在しないも同然だったのだ。

「お父様もお母様も、ちょっとくらい見てあげたらどうです？　いつも根暗《ねくら》なミネア姉さんが珍しくこんな熱心に言ってるんじゃないですか」

双子の妹のジルがチラッとこちらを一瞥《いちべつ》すると、両親に話を聞くように促した。

「ジル……」

（珍しいわね。ジルが私のために口利きしてくれるなんて）

私との差が明白になり、両親からの扱いが変わった頃からだろうか。

あの子との会話が減っていったのは……。

幼い頃はよく遊んでいたし、一緒にいたずらをして父に叱られたことだってあった。

あのときは自分が唆《そそのか》したのだと、ジルが私を庇《かば》ってくれて、私も彼女は悪くないとお互いに擁護しあったっけ。

でも、そんな風に仲が良かったのも昔の話……。

ここ何年も、まともに会話をしていなかったので、彼女がなにを考えているのかわからなくなっていた。

「ジル、お前はダメな姉のことなど気にするな。時間がもったいない」

「あなたは優しい子ね。でも、こんな落ちこぼれに同情などしてはいけませんよ。あなたは天才なんですから」

両親の言葉を聞いて、またもやジルは視線をこちらに送る。

「はいはい、分かりました。姉さん、本当に良いの？　食い下がらなくて」

でも、私はわかっている。両親はこうなると私がどんなに訴えても話を聞いてくれないということを。

「なーんだ。なにも言い返さないんだ。じゃ、やっぱりその程度なのね。つまんない」

「………………」

私が黙っているとジルは立ち上がり、リビングから出ていった。

「ミネア、お前は……そうだな。さっさと結婚でもしとけ」

「そうですね。あなたの価値は女としての役割を果たすくらいなんですから」

もはやなにを訴えても無駄である。

結局、せっかく身につけた精霊術を披露する機会は与えられなかった。

(私の居場所はとっくになかったのかもしれないわね)

そんな折、私の卑屈な考えをさらに肯定するような出来事が起きる……。

◆

両親に精霊術を見てほしいと訴えた日から、およそ一週間後。

長く我が国ネルラビア王国と争っていた、敵国のベルゼイラ王国が休戦に応じると表明した。

ベルゼイラ側から出された、ある一つの要件を承諾することが条件であるが——。

そんな折、ベルゼイラ王国との外交を担当する役人が我が家にやってきた。

「聖女ジルを、人質としてこちらに引き渡すことがベルゼイラ王国が休戦協定に応じる条件だ。最高の聖女だと名高い彼女が自国にいれば、私たちが下手な真似をしないと考えたのだろう」

「休戦に応じる代わりに聖女であるジルを寄越せですって？　それはなんという無茶を仰《おっしゃ》る。ジルは我が家の宝ですよ。そのような申し出が受け入れられますか」

「まぁまぁ、アウルメナス伯爵。落ち着いてくれたまえ。休戦協定が結ばれれば年間に何万人の命が救われるか、君もわかるだろう？」

「しかし、ジルは……あの子は自慢の娘でして。この国にとってもなくてはならない人材ではありませんか！」

まさか、あの子を人質に寄越せなどと言い出すとは……。

父は声を荒らげて役人に承服できないと訴える。

「だから、ほらジルには双子の姉がいるではないか。見た目だけは瓜二つだし。替え玉にできないかと聞こうと思ってな」

役人は両手で落ち着くようにとジェスチャーをして、話を切り出す。

「あー、ミネアのことですか。なるほど、あれにも利用価値がようやくできたか」

「えっ？　わ、私がジルの身代わり？」

役人がジルの代わりに私を替え玉として差し出せと提案したとき、父は両手をポンと叩いて納得するような仕草をした。

（二人とも私が同席しているにもかかわらず、こちらを一瞥もしないわね……）

まさか、父があっさりと私のことを敵国への人質にしても良いと決断するとは思わなかった。

胸にポッカリと穴が空いたような気分。

やっぱり私はいらない子だったのである。

「――というわけだ。ミネア、お前は聖女ジルになりかわってベルゼイラ王国に行くのだ。人質としてな」

「ミネア姉さんが私の身代わり？　お父様、大丈夫ですの？　見た目は瓜二つでも魔力が少なくて初級魔法も使えませんのよ」

父はもはや決定事項のように、私にジルの身代わりになるように命じる。

しかし、ジルは私などが自分の身代わりになれるのか懐疑的のようだ。

彼女の懸念はもっともだろう。私とあの子ではそもそも持っている力が違うのだから。

「まぁ、確かにミネアは天才のお前と違って無能な落ちこぼれで、アウルメナス家の恥晒《はじさら》しだが……それでもなんとか誤魔化《ごまか》せるだろう」

「誤魔化せる？」

「そうだ。考えてみろ、人質なのだから牢獄に監禁されるに決まっている。魔術を使う機会などあるはずがないだろう」

そうかもしれない。敵国に人質として送り込まれるのだから、普通の生活は望めない。

とはいえ、今の私の生活も普通とは程遠い。

落ちこぼれの能無しだと蔑《さげす》まれ――理不尽な暴言や暴力に耐える日々。

いっそのこと、牢獄に入れられたほうがマシなのかもしれない。

「そういうものですか？　もしそうなら、私は人質なんて絶対に嫌です。聖女になったのは、人質になるためではありませんから」

「だろう？　だからこそミネアを身代わりにするんだ。人質として追い出せば、食い扶持《ぶち》も節約できる。神は真面目に生きている我らを見捨てはしないようだな。ふふふ」

父は私がこの家に生まれてきたことが初めて役に立つと喜び、笑みを浮かべる。

やはり、隣国へ人質として送られることは避けられないようだ。

「で、姉さん。本当に行くの？　私の身代わりで、ベルゼイラなんかに」

「……わかりました。私がジルの身代わりになってベルゼイラ王国へ行きます」

「へぇ……行っちゃうんだ」

覚悟を決めて私は、両親と妹にベルゼイラ王国に行くことを了承すると伝えた。

ジルは目を見開いて意外だと言いたげな表情をする。

（この国にも、この家にも、未練はないわ）

どうせ人間扱いされないのなら、せめて妹の役に立とう。

私は自分の人生を諦めた。

アウルメナス家の娘として相応《ふさわ》しい存在になるため精霊術を学ぶなど、いろいろとしてみたのだが、すべて徒労に終わった。

そろそろ頑張ることを止めてもいいだろう。

人質生活を送ることになったのは良い機会である。

「なにを当たり前のことを宣言しているのだ？」

「あなた、もしかして拒む権利があったとでも思っているのですか？」

「………………」

しかしながら、こんな私の覚悟も両親にはまったく響かなかったようだ。

なにを期待していたのだろうか。馬鹿みたい……。

そして私はベルゼイラ王国に聖女ジルとして向かうことになった。

きっと牢獄に監禁されて、自由などとは程遠い生活になる。

「姉さん、とりあえずありがとうと言っておくわ。でも、ヘマはしないでね。私の身代わりなんて、本来あなたなんかに務まるわけないんだから」

ジルからお礼を言われたのは初めてだ。

それだけでも、落ちこぼれの姉としては報われたかもしれない。

最後に姉として、妹のためになにかをしてあげられたのだから。

ジル、瓜二つの双子の妹。

これから私はあなたの身代わり――偽聖女として隣国に向かう。

この国に思い残すことは、もうなにもない……。

第一章　人質だと聞いていたのですが

ネルラビア王国とベルゼイラ王国の戦争の発端は、両国の国境沿いにある鉱山の所有権を巡ったものであった。

そんな両国の間に戦争が勃発して、十年余り経つが、一向に終わる気配は見えない。

戦争が長引くと人々の生活に与える影響も大きく、両国の国民は不安な日々を過ごしていた。

そういう状況だからこそ、ベルゼイラ王国側が休戦を提案してきたことは両国にとって大きな意味を持つ。

聖女ジルが人質としてベルゼイラ王国に赴《おもむ》けば戦争は終わる。

それは多くの民の命を救うことを意味する。

（私がジルの代わりになれば、たくさんの人を救えるのね……）

最高の聖女として国のため、民のために貢献してきた妹と違い……私は誰の役に立つこともなく生きてきた。

誰かの役に立ちたい。

それは私の悲願であったのだ。

今日、私は故郷から敵国へと旅立つ。その悲願を達成するために。

「見送りには、誰も来てくれないみたいですね」

ベルゼイラ王国に向かう馬車の前で、かばんを抱えて私は一人立ち尽くしていた。

アウルメナスの血筋にもかかわらず魔力が少ないというだけで、社交界にも出ることが許されなかった私には当然見送りに来るような友だちもいない。

昔はジルと遊んだものだが、それは幼少期のことだ。

「時間です。ジル・アウルメナス様」

「わかりました」

「しかし、また、伯爵様もいらっしゃらないとは不思議ですな。聖女である娘さんが旅立つというのに」

護衛の兵士は首を傾げて、疑問を口にする。

そう。身代わりとして私、ミネア・アウルメナスが人質となってベルゼイラへ向かうという事実を知る者は少ない。

我が家と外交担当の役人、そして国王陛下のみである。

最高の聖女であるジルは魔物から国を守るための強力な結界を作る力があるのだからと、国王陛下は断固として彼女を人質にするのを拒んだそうだ。

そして、身代わりを提案した役人の説得でようやく受け入れたらしい。

(陛下が同意したからこそ、私には拒否権がなかったのね)

その話を聞いて私は納得した。

力のない私を人質として差し出すだけで劣勢だった戦争を円満に終結に導くことができる。

陛下からすれば、願ってもない話に聞こえただろう。

「では、出発します。ジル様にはお気の毒ですが、私はあなたを尊敬します。戦争を終わらせるために自ら志願して人質になるなんて、ご立派です」

（自ら志願して……どうやらお父様たちが、私が人質になることを美談にするためにそう喧伝《けんでん》しているみたいね）

兵士の言葉には嘘偽りはないだろう。

聖女ジルの力は本物だ。

生まれつき大きな魔力を持っていて、英才教育を受けた彼女はこの国に多大なる貢献をしている。

そんな彼女が自らを犠牲にして、平和のために敵国の人質になると聞けば、彼がその心意気に感動するのも無理はない。

「すみません。ジル様のお気持ちも考えずに余計なことを口にしてしまいました」

「いいえ、お気になさらずに」

「ベルゼイラとの戦争で私は兄と弟を失ったんです。ですから、あなたにはどうしても感謝が伝えたくて……」

ベルゼイラ王国と我が故郷のネルラビア王国との戦争は、はっきり言ってネルラビアのほうが不利と言わざるを得ない状況だった。

それは「戦場の天才」という二つ名を持つ、ベルゼイラ王国の第二王子シュバルツ殿下の存在が大きい。

王子でありながら、常に陣頭に立って指揮をし、卓越した戦術を駆使して軍隊を勝利に導く彼は間違いなく英雄である。

(そんな状況だから、ベルゼイラ王国側からしたら戦争を止める理由がなかったはずだわ)

そう。ベルゼイラ王国は優位であったのにもかかわらず休戦を提案したのだ。

聖女ジルを手に入れるのを交換条件にして。

私はそれが腑に落ちなかった。

なぜ、ベルゼイラ王国はそこまでして、ジルを……？

いや、そんな話はどうでもいい。

(問題は、私が偽聖女だとバレないようにするためには、どうすればいいかということね)

もしも、私が本物のジルでないと知られれば戦争は再び始まるだろう。

とにかく下手な真似だけはしないように気をつけなくては……。

「ジル様、いかがしました？　どこか体調でも悪いのですか？」

ずっと黙りこくっていた私を心配したのか、兵士が話しかけてきた。

「あ、いえ。その、緊張してしまいまして」

「そうでしたか。またもや失礼いたしました」

こちらが恐縮してしまうくらい、御車台から振り向いて彼は何度も申し訳なさそうに頭を下げる。

きっと私はひどい表情をしていたに違いない。

心を強く持たなきゃ。私が聖女ジルではないとばれるようなことがあっては、取り返しがつかない。

馬車に揺られながら私は、これから訪れる人質生活で決してヘマをすることがないように覚悟を固めていた。

◆

ベルゼイラ王国との国境沿いにある関所。

長い馬車の旅を終えて、ようやく私はここにたどり着いた。

「長旅、お疲れ様です。ここからはベルゼイラ領となりますので、私はここまでのお供となります」

「ここまで護衛してくださり、ありがとうございます」

「感謝の言葉などとんでもない。私など話し相手くらいにしかなれませんでした。ジル様の不安を払拭できず、不甲斐ないです」

ここまでなにかと私を気にかけてくれた護衛の兵士である彼。

この先はベルゼイラ王国の領土なので、護衛であっても入ることは許されないのだ。

ネルラビア王国が用意してくれた馬車を降りて、今度はベルゼイラ王国が用意した馬車に乗ることとなる。

(正直言って怖いわ。でも、ここでそれを顔に出してはダメ)

「大丈夫ですよ。国の安寧《あんねい》のために務めを果たすのが私の役目ですから。平気です」

ありったけの勇気を振り絞って、私は意地を張ってみせる。

「――っ⁉　ご立派です！　聖女様の勇姿を私は一生忘れません！」

今までだって味方は誰一人としていなかった。

国が違うだけで、なにも変わらない。

孤独な戦いになろうとも、私はジルの身代わりを演じてみせる。

人から必要とされたのは初めてだから。

誰かの役に立てる。そう考えるだけで……力が湧いてくる。

兵士に見送られて、私は関所の門をくぐった。


関所の中は行商人も出入りするからなのか、いくつか店があり、宿泊施設もあるみたいだった。

「ようこそ！　ベルゼイラ王国へ！　聖女ジル様！」

「ささやかながら歓迎パーティーの準備ができております。ささ、馬車に乗られる前にまずはお着替えをどうぞ」

「へっ？」

出迎えてくれたのは、小柄なツインテールのメイド服を着た少女と、執事服を着てメガネをかけた青年。

（今、私の歓迎パーティーをすると言われたような……。きっと聞き間違いよね？）

だってそうでしょう？　私は人質としてこの国に連れて来られたのだから、歓迎などされるはずがない。

そもそも、この二人は誰なのだろうか……。

「アルベルトさん！　自己紹介していませんよ！」

「おっと、これは失礼。私はジル様の世話係を仰せつかりました。アルベルト・ミューラーと申します。以後お見知りおきを」

「本日よりジル様のお世話係をさせていただく、ニーナでございま～す！　ジル様、仲良くしてくださいませ！」

「せ、世話係ですか？」

これはまったくの予想外すぎて驚いた。

まさか、人質の私に二人も世話係なる者がつくなんて……。

（どうも様子が変ね。人質って幽閉されたり、軟禁されたりするものじゃないの？）

「お疲れのところ申し訳ありませんが、シュバルツ殿下がどうしてもパーティーをと切望されていますので、是非ご出席をお願いします」

「しゅ、シュバルツ殿下？」

アルベルトさんがシュバルツ殿下こそが歓迎パーティーの主催者だと言ったので、私は思わずその名を復唱する。

シュバルツ・ベルゼイラ殿下、あの「戦場の天才」がパーティー？

（意味が全然わからないわ。なんの目的があって……）

状況がまったく飲み込めない私の頭はすでにパンク寸前だった。

「シュバルツ殿下はジル様にお会いすることを熱望されていらっしゃるんですよ！　さぁ、こちらの宿泊施設のお部屋で着替えましょう！　お着替えはこのニーナがお手伝いさせていただきますね！」

混乱している私の手を引いてニーナさんは着替えを用意してあるという部屋へと連れていく。

確かにこの地味で質素な格好ではパーティーにはとても出られない。

（でも、まだなにも心の準備ができていないのに……）

テキパキと私にドレスを着せていくニーナさんの笑顔を見ながら、私の思考は停止していた。


「これで完成です！　ジル様！　おきれいですよ！」

鏡の中の自分の姿を見て私はあ然とした。

見たこともないようなきらびやかなドレスにアクセサリーの数々。

どうやったのかわからないくらい綺麗に整えられた髪。

アウルメナス家では化粧などさせてもらえず、オシャレなどもってのほかだったので、この変身ぶりに声が出なかった。

ニーナさんは何者なのだろう。短時間でこれほど人を大変身させてしまうなんて――。

「さぁ、参りましょう。王宮へ向かう馬車はこちらです」

「ジル様、よくドレスが似合ってらっしゃる。殿下もお気に召すでしょう」

着替えが終わって部屋の外に出ると、待機していたアルベルトさんが私にお世辞を口にする。

（ちょっと待って。流されるまま着替えましたが、これからパーティーなのよね？）

私はパーティーなど出席したことがないのだ……。

初めてのパーティーが人質として連れてこられた敵国で、しかも王子様が主催で、とは。

どうしたらいいのか、まったくもって見当もつかない。

「あの、いきなりパーティーと言われても私は……」

「そうですよね！　ご不安なのはわかります！　いくら聖女様とはいえ、異国で知らない人ばかりだと寂しいですもんね！」

「いえ、そういう次元の話ではなくてですね」

私の手を握りしめて、神妙な顔つきでうなずくニーナさん。

彼女はきっと励ましてくれているのだろうが、悩みのレベルが数段階違う。

「ベルゼイラ王国の宮廷マナーなど厳しいお話はいたしません」

「きゅ、宮廷マナーですか？」

さらにアルベルトさんからマナーの話が出て、私は思わず聞き返してしまう。

「ええ。異文化の中で暮らしていた方を招いて、そのような無粋な言いがかりをつけるなど、あり得ませんのでどうぞご安心を」

「ありがとうございます。それを聞いて安心しました」

アルベルトさんもなにを気にされているのかわからないが、気を遣ってくれている。

とにかく、絶対に平穏無事にパーティーを終わらせよう。

なんの取り柄もなかった私から卒業するために、ヘマだけはしてはならないのだ。

そのためにはまずは平常心だ。冷静に、心を鎮めて、普段どおりの精神状態を意識して……。

そう自分に言い聞かせている間に、馬車はパーティー会場のある王宮へとたどり着いてしまった。

さすがは大国と名高いベルゼイラ王宮だ。

故国のお城の二倍はある。馬車を降りた私は思わず呆然と見上げてしまった。

「さぁ、ジル様！　会場はこちらですよ！」

再びニーナさんに手を引かれて、パーティー会場の扉の前まで向かう私。

もう、心の準備が……などと言っている場合ではない。

敵国でのパーティー。

どんなに冷たい目で見られようとも耐えてみせる――。

そのくらい強い意識でいないと、きっと冷静でいられなくなりボロが出てしまうから。

偽者だとばれずにいるためにも、私は心を強く持たなくてはならないのだ。

「ジル様だ！　ジル様がパーティーに来られたぞ！」

会場入りした瞬間に誰かの声が響き渡り、一気に私のほうに視線が集まった。

なんだか様子がおかしい。

これは、どういうことだろう。

（会場中から冷たい目で見られると思っていたのに……。想像していた雰囲気と全然違うわ）

「おおっ！　君が聖女ジル・アウルメナスか！」

そのとき、私に近付く一人の青年がいた。

この会場のどの光よりも強い輝きを放つ金髪。そして雲一つない晴天のように澄み切った瞳。

その美しさに私を取り巻く時が一瞬だけ止まったような錯覚を覚える。

いくつもの勲章がついた真っ白な軍服に、ベルゼイラの紋章が刺繍されたマントを羽織っている。

ひとつひとつの動作に気品すら感じさせるそのたたずまいは、彼がただの軍人ではないことを物語っていた。

「俺はベルゼイラ王国第二王子、シュバルツ・ベルゼイラだ。……聖女ジルよ。予言に従って君と結婚したい」

「へっ？」

人質としてやってきた私に、初対面でいきなりのプロポーズ。

しかも相手はあの「戦場の天才」シュバルツ殿下。

私の頭の中で処理できる情報量をとっくにオーバーしていた。

「…………」

「どうした？　やはり長旅で疲れているのか？」

柔らかな物腰で穏やかに微笑む彼は、とても「戦場の天才」と呼ばれているような方には見えない。

(なんとしてでも戦に勝とうとする冷酷無比な方だと想像していたけど、そんな感じは一切しないわね)

その線の細さから、ある意味女性よりも美しいと思わせるような中性的な魅力を感じる。

シュバルツ・ベルゼイラ殿下——ベルゼイラ王国の第二王子である彼はこのパーティーを主催して、なぜか私にプロポーズを……。

(いや、正確には私にではなくて妹のジルに対してよね)

とにかく、このまま黙っているのはまずい。

なにか言葉を……言葉を発さなくては。

「シュバルツ殿下、お会いできて光栄です。ベルゼイラ王国では、その……パーティーの席で冗談を言い合うような風習でもございますのでしょうか？」

「冗談を？　ああ、なるほど。いや、突然のことで驚かせてしまったかな。すべては予言の導きなんだ」

「予言、ですか？」

「そう。我が国にはとても優秀な予言者がいるんだ。俺が戦場でどんな劣勢になろうとも何度も勝ちを収めているのは予言のおかげなんだよ」

ベルゼイラ王国には優秀な予言者がいる？

それがシュバルツ殿下が戦場の天才と言われる所以《ゆえん》だと仰っているようだけど……。

（本当にそんなことがあり得るのかしら？）

つまり、殿下は私と……いいえ聖女ジルと結婚をしたほうが良いと予言者に言われたからプロポーズをしたということなのか。

にわかに信じられない。信じられないけど――。

「まさか、私と結婚するために人質として私を要求されたということでしょうか？」

「そのとおり。それがベルゼイラ王国の繁栄のためだと言われたからね。……まぁ他にも理由があるが」

あっさりとシュバルツ殿下は私の推測を肯定する。

どうも最初から様子が変だと思っていたが、そういう事情だったのか。

（困ったわね。人質として牢獄生活かと思いきや、シュバルツ殿下の婚約者にされるなんて予想外すぎるわ）

結婚なんてしたら、私がジルでないとバレる可能性が跳ね上がる。

聖女として矛盾がないように立ち回らないと……。

万が一聖女ではないとばれてしまったら私はもちろん、故国だって再び戦乱の渦に巻き込まれかねない。

「事情はわかってもらえただろうか？　それでは改めて君に結婚を申し込もう。ジル・アウルメナスよ、俺と結婚してくれ。……受け入れてもらえるかい？」

ここでノーという選択肢はないはず。

休戦協定の目的がジルとの結婚であるならば、私の選択肢は一つしかない。

故郷に思い入れがあるわけでないが、それでもこうしてここに来たのだ。

私のせいで無関係な人たちが巻き込まれるのは我慢できない。

「喜んでお受け致しますわ、殿下。これからは殿下の婚約者として恥ずかしくない日々を送れるように努めます」

私は彼のプロポーズを受け入れようと、シュバルツ殿下が差し出した手に触れようとした。

もはや、後には退けない。

私はこれから聖女ジルとして、シュバルツ殿下の妻として、相応しい人間にならなくては……。

（でも、ほんとうに大丈夫なの？　私なんかで）

そんな考えがよぎったとき、私の手が一瞬だけ止まってしまう。

「ありがとう。突然の申し出を素直に受け入れようとしてくれて嬉しいよ。しかし、この国に来たばかりなのに……いきなりプロポーズされれば驚くのは当然だ。俺が焦りすぎたみたいだ」

「シュバルツ殿下？」

「君の気持ちを考えもせずにいきなり結婚は急かしすぎたかもしれない。今日のところはまずプロポーズのことは忘れて、歓迎パーティーを楽しんでくれ」

忘れるのは無理のような気がするが、シュバルツ殿下はどうやら私に気を遣ってくれたらしい。

強引に結婚させられても、私は文句など言えないのに……。

「しかし、聖女を何人も輩出している名門中の名門、アウルメナス家の噂はベルゼイラ王国にも届いている。その中でも特に能力が高いという君が来てくれたんだ。改めて歓迎する。ジル・アウルメナス」

「そ、そんな……大袈裟です」

ジルの評価がここまで高いとは……。

よく考えれば、敵国の人間にもかかわらず一国の王子が結婚しても良いと考えるほどの人材だ。いざとなったら精霊術で彼らを失望させないようにしなくては――。

「ジル様、お疲れ様です！　着いて早々にパーティーに出席されて、さぞかしお疲れでしょう！」

「シュバルツ殿下のいきなりのプロポーズには驚かれたみたいですね。実直な御方なのです。どうかお気を悪くしないでください」

「いえ、気を悪くだなんてそんな。とても紳士的な方で驚きはしましたが」

パーティーが終わり、アルベルトさんとニーナさんに案内されるがままに馬車に乗り込む。

(シュバルツ殿下のプロポーズには驚いたどころの感情ではなかったわ)

当たり前といえば、当たり前。

普通は人質として連れてきた人間を娶《めと》ろうなんて思うはずないのだから。

「ジル様のお住まいにご案内させていただきます」

「私たちも共に住まわせていただきますので、なにかございましたら遠慮なく申し付けてくださいね～！」

王宮から馬車でそれほど時間がかからないところに私の住まいという家……いえ、屋敷があった。

これは実家よりも随分と大きい。

いくらなんでも、人質を相手にこんなにも厚遇していただけるなんて……。

「明日は健康診断をするとのことですので、今日はお早めにお休みになってくださいね！」

「健康診断、ですか？」

「はい！　身体に悪いところがないか、とか！　いろいろとお調べするみたいですよ！　なんせ、大事な聖女様のお身体ですから！」

なるほど、体調の管理は徹底するということか。

ニーナさんの説明を聞いて私は納得する。

予言者は、私とシュバルツ殿下が結婚すれば国が繁栄すると断言している。

それゆえ、ベルゼイラ王国は私を手厚く保護する方針みたいだ。

「あとは、魔力量の計測ですね。聖女ジル様と言えばアウルメナス家の歴史の中でも随一の魔力の量を誇っているとのこと。私もどのような数値が出るのか興味があります」

「ま、魔力量の計測……？　そ、そんなことができるのですか？」

「ベルゼイラの新技術ですね。我が国の誇る魔導技師たちがその技術を結集して、その人の有している魔力の量を数値化して計測できる魔道具を創り出したのです」

まさか、そんなすごい道具が開発されていたなんて。ベルゼイラの技術力はとても進んでいるのね。

アルベルトさんの口ぶりから察するに、私の故郷ネルラビア王国は随分とベルゼイラ王国に遅れを取っているような気がした。

そんな話を聞きながら、ニーナに着替えなどを手伝ってもらい、びっくりするくらい大きなお風呂で入浴を済ませ、ベッドに入る。

どうしよう。いきなり難題に直面してしまった。

魔力量を計測されて、少ないことが知られてしまったら私がジルではないことがバレてしまう。

それにしても、こんなにも寝心地の良いベッドは初めてかも……。

「……はっ⁉　今、一瞬寝てしまったわ」

寝ちゃダメよ。

どうにかすることを考えなくては。考えなくて――。

◆

「あ、朝……？　えっ？　朝っ⁉」

あまりにも寝心地が良すぎて、私はなにも妙案を思いつかぬまま、寝落ちしてしまったらしい。

気が付いたときには小鳥のさえずりが聞こえていて、カーテンの隙間から朝日が差し込んでいた。

「ジル様！　お目覚めになりましたか⁉　お着替えを手伝わせていただきますね！」

元気のよいニーナさんの声が部屋の外から聞こえる。

健康診断は朝からすぐに始まると聞いた。

（うう、仕方ないわね。ぶっつけ本番、精霊術で魔力の量を底上げしてなんとかしよう。理屈では大丈夫なはず）

そんな決意を密かに固めて、私はニーナさんに着替えを手伝ってもらい、朝食を摂るために食堂に向かう。

「ひ、広いですね……」

食堂は、数十人は食事ができるくらいの大きさだった。

そんな広い空間で私一人が食事するというのはなんとも居心地が悪い。

「ここは、先代国王の弟君であらせられるエルナプルス公爵の住まわれていたお屋敷なのです」

「こ、公爵様のお住いだったんですか？」

これは驚いた。

いや、あまりにも立派な屋敷だったので、高貴な身分の方が住まわれていたのはなんとなく察しがついていたが、まさか元公爵邸だったとは。

「エルナプルス公爵は生涯独身でして。お亡くなりになってからというもの空き家でしたので、シュバルツ殿下がジル様の住まいにちょうどいいと仰いまして」

「人質の家に、これほど立派なお屋敷がちょうどいいですかね？」

「はっはっは、普通に考えれば不釣り合いやもしれませんが、ジル様はシュバルツ殿下の婚約者候補ゆえ」

アルベルトさんは私の言葉を聞いて笑い声を上げる。

そうだった。撤回こそされたが、シュバルツ殿下からプロポーズされたんだった。

魔力値の測定も心配だが、殿下との婚約がどうなるのかという懸念もある。

（あー、もう！　人質生活一日目から前途多難すぎるわよ！）

「ジル様！　紅茶を淹れました！　どうぞ！」

「ニーナさん、ありがとうございます。……お、美味しい！　えっ？　すごく芳醇《ほうじゅん》で、それでいてスーッと爽やかに鼻に抜ける独特の香り。この茶葉って？」

あまりにも芳《かんば》しい香りと鮮烈な味わいに、思わずティーカップをまじまじと見つめる。

今まで飲んでいた紅茶が、まるでただの色付きのお湯だとすら思えるほどの美味しさ。

（一瞬にして目が覚めた。なんだか心地良い）

「ベルゼイラ産の最高級茶葉の新茶ですよ！　淹れ方はニーナの家に代々伝わる秘伝なんですけども、お茶の風味を閉じ込めてお出ししているんです！」

「とても美味しいですよ。ニーナさんってすごいんですね」

「えへへー！　ジル様に褒められちゃいました！」

ベルゼイラ産の最高級茶葉の紅茶か。

ニーナさんの淹れ方が上手というのもあるが、それだけでまるでお姫様にでもなったかと錯覚するようなひととき。

食後のティータイムで、こんなにも豊かな気持ちになったのは初めてだ。

「ところでジル様、体調のほうはいかがですか？」

「あっ！　えぇーっと、まぁまぁです」

紅茶が美味しすぎて、すっかり健康診断のことを忘れてしまっていた。

緊張感を持たなきゃいけないのに、この優雅な空間のせいでどうも調子が狂う。

「悪くないのでしたら良かったです。魔力量の測定ではとんでもない数値が出るのではないかと殿下も期待していましたから」

「――っ⁉　そ、そんな、殿下が期待だなんて」

「アルベルトさん、プレッシャーをかけちゃダメですよ！」

「っと、これは失礼をいたしました。最高の聖女と名高いジル様の魔力。如何ほどなのか、私も興味深かったものですから。つい」

アルベルトさんが丁寧なお辞儀で謝罪してくれるけど、私はまたもや情緒不安定になってしまう。

理屈では精霊術で精霊の魔力を吸収して自分の魔力に変換ができれば、魔力不足は補えるはずなのだ。

「では、そろそろ向かいましょうか⁉　健康診断は王宮内で行われるので、馬車に乗っていただきます！」

「はい。わかりました」

ニーナさんとアルベルトさんとともに、昨日と同様に馬車に乗る私。

またもや王宮に行くのか。

（シュバルツ殿下もいるのかしら）

窓の外を見つめながらボーッと考えごとをする。

夜だった昨日と違って、今日は王都の風景がはっきりと見えた。

人口も故郷の倍近くあるからなのか、かなり賑わっているようだ。

特に商業が発達しているようで、商人の威勢の良い声があちらこちらから聞こえる。

「到着しました。健康診断の最後に魔力量の測定があります。きっとシュバルツ殿下も見物なさるでしょう」

馬車を降りると、アルベルトさんがスケジュールを伝えてくれる。

やっぱりシュバルツ殿下は来るのか。

それを想像すると緊張で震えてしまうから、なにも考えないようにしよう。

健康診断は概《おおむ》ね問題なく終わった。

体重を測ると恥ずかしながら少し痩せすぎだと言われてしまったが、健康には支障がないとのことでホッとした。

「次は魔力量の測定です。こちらの札を握りしめてください」

手のひらサイズの白い札を手渡された私は、言われるがままにそれを握りしめる。

ひんやりとしており、金属のような質感だった。

魔力を数値化できる新しい魔道具と聞いていたけれど、一体どんな仕組みなんだろうか。

「王国で一番の魔術師が５０００ＭＰだったか？」

「我が国の聖女レティア様は４４００ＭＰだったから、それ以上は期待できるな」

「ジル殿はアウルメナス家で随一の才能の持ち主だとか。期待しちゃうよ」

なんだかよくわからないが、たくさんの人が見ている。

こちらに来る際にニーナに聞いたところ、魔力の量はＭＰという魔力のエネルギーを数値化した際に使われる単位で計測されており、ベルゼイラ所属の魔法師の平均は１００ＭＰ程度なのだとか。

（精霊術を使えば魔力を上げられるけど、いつ使えばいいのかわからないわ）

「あれ？　30ＭＰ……？　なんだこりゃ、一般人以下じゃないか。不良品か……？」

私が握った札を確認した白衣の男性が首を傾げる。

「もう、測っていたんですか？」

「ええ、そうです。この札を握りしめると、魔力値に応じて様々な色のついた★型の模様がその白い札の上に現れるんですよ。例えば３４００ならば、黄色の★模様が三つ、青色の★模様が四つ、というような感じですね」

そういう話だったのか。握りしめるだけで測れるとは画期的な。

でも今は、感心などしている場合ではない。このままでは、私の魔力値が低いことがばれてしまってまずいことになるわ。早く精霊術を使って、自然界の力を取り込んで魔力に変換しなくては――。

「精霊の加護《マナバースト》……！」

大地、草花、風、そして太陽……命を育む大自然を司る精霊の力を借りて、それを自らの力とする精霊術。

この力は邪道として両親には認められなかったが、私の魔力不足を補ってくれる。

「赤色の★型が五つ？　それに橙色の★型も三つありますな。つまりジル様の魔力値の合計は――ご、53万ＭＰ……!?　し、信じられない……！」

「嘘でしょ？」

「そんな人間が存在するのか……」

白衣の方々がなにやらざわついているが、どうしたのだろうか。

(これ、誤魔化せているのよね？　大丈夫だと信じたいんだけど)

「お見事です。これで計測は終了しました」

うん。大丈夫みたい。

白衣の方の一人が計測の終了を私に伝える。

計測の要領が摑めず、怪訝な顔をされたときはドキリとしたが、なにごともなく終わって良かった。

私は誰にも気付かれないようにホッと胸を撫で下ろす。

「しかし、すごい数値が出たな――」

「早急に報告書にまとめるとしよう」

それにしても、白衣の人たちはまだざわついているみたい。まぁいいか……。

「ジル、素晴らしいよ。魔力量の数値の記録を大幅に更新だ！　やはり予言は正しかった。君の大いなる力はきっとこの国を繁栄に導いてくれるだろう！」

魔力値の計測を終えるや否や、シュバルツ殿下が興奮気味に話しかけてきた。

どうやら、精霊術による魔力量の上昇が思った以上に大きかったらしい。

（それにしても――まさかこんなに喜んでもらえるなんて思わなかったわ）

はちきれんばかりの笑顔を見せるシュバルツ殿下はとても上機嫌だった。

「しかしわからないのはネルラビアのことだ。53万ＭＰもの魔力量を保持する規格外の聖女を、人質として簡単に手放すことに応じて休戦協定を結ぶなんて、あり得ないだろ？」

「えっ？　そ、そうですかね？」

いきなりその件に触れられて私はつい驚いてしまう。

「なんせ、聖女とは国の守りの要。戦況は確かに我が国が優勢だったが、聖女ジルが本格的に国土の防衛に回ればひっくり返った可能性もあったのでは？　なんといっても我が国で最強の魔術師の百倍もの魔力を所持しているんだ」

シュバルツ殿下は笑顔を消して、突然考え込む仕草をする。

確かに私の故国ネルラビア王国はジルを手放す気は毛頭なかった。

こうしてシュバルツ殿下の婚約者になることがわかっていたら、一考の余地はあったのかもしれないが、基本的には彼女のような逸材を外に出すことはあり得ないというスタンスだ。

「ミネア・アウルメナスだったか？」

「はい！」

「んっ？」

「あ、いえ。姉がどうかしましたか？」

いきなりシュバルツ殿下が私の名前を呼ばれたので、私は心臓が破裂しそうになるぐらい驚いた。

（まさか、正体がバレたのかしら？　もう？　だとしたらどうすればいいの？）

「君に双子の姉がいることは知っている。さすがに休戦協定というデリケートな話で別人を寄越すなどという非常識な行為をするとは思わないが」

「――っ!?」

「――実は君の魔力量を測るまで少しだけ影武者の可能性を疑っていたんだ。君がミネアで……ジルのフリをしてこちらに来たのではないかと、ね」

シュバルツ殿下は私がジルの偽者ではないかと疑っていた。

魔力の量を測ったのは私が本物の聖女かどうかを見極めるためだったわけだ。

（やっぱり危なかったんじゃない。精霊術が使えなかったらバレていたところだったわ）

「でも、どうやら杞憂《きゆう》だったようだね。君は間違いなくジル・アウルメナスだよ」

「……で、殿下、あ、当たり前ではありませんか。この私がミネアだなんて、あり得ませんよ」

ポーカーフェイスを決めなくてはならないのに。

声の震えが止まらない。せ、せめて笑顔くらいは作らなきゃ。

「ああ、君がミネアでないのはわかってるよ。君の姉は魔力をほとんど持っていないのは調査済みだ」

「そこまでお調べでしたか……。信じていただけたようでなによりです」

まさか私の魔力についても調査していたとは思わなかった。

しかし、そのおかげで疑いが消えたとも言える。

精霊術の話は黙っていたほうが良さそうだ。

「だが、想定以上の力だったから、正直に言ってかなり驚いている。最初は感嘆したが、それならなぜネルラビアはそんな驚異的な力を持つ聖女を簡単に差し出すなどしたのだろうかと、逆に疑問が湧き上がったからね」

「……そうですか。しかし無事に休戦協定も結ばれれば、戦火による犠牲がなくなります。私がここにいる理由はそれでは不足ですか？」

あまりにも勘の良いシュバルツ殿下に内心ビクビクしながらも、私はどうにか平静を装って、彼を納得させようと頑張ってみる。

危機を乗り切ることができたと思ったにもかかわらず、今度は魔力が大きすぎると不審がられるなんて皮肉すぎるではないか。

「ジルがここにいる理由、か。そうだね……悪かった。考えすぎる性分なんだ。不快な気分にさせたなら許してほしい」

シュバルツ殿下は顎を触りながら私に謝る。

「そ、そんな不快だなんて。滅相《めっそう》もありません」

納得してくれたのか、してないのかわからないが、話を早く変えたい。

魔力量の話題じゃなければなんでもいい。

(でも、どんな話をしたらいいの？　ええーっと)

「ここに来る前に王都を少し見ましたが、活気があって良いですね。いつか見て回りたいです」

当たり障りのない話をして、ここは考える時間を作ろう。

昨日、この国に着いたばかりだし不自然ではないはずだ。

「……王都を見て回りたい？　そうか」

「シュバルツ、殿下？」

あれ？　私、なにか変なことを言ったかな。

またもや考え込む仕草をしているシュバルツ殿下。

偽者の聖女だとバレた、というわけではさすがにないはずだけど――。

「俺と見て回るか？　君さえ良ければ王都を案内しよう」

「あ、はい。お願いします……って、えっ？」

今、私はシュバルツ殿下に一緒にお出かけしようと誘われた？

あまりにも唐突で、うっかり返事をしちゃったけど、これって大丈夫なのかしら。

（でも、断るほうが不自然だもんね）

「よし、そうと決まれば話が早い。少し歩くが大丈夫か？　馬車を使うのもいいけど、歩いて見て回ったほうが町の空気を肌でより感じることができるだろう」

「も、問題ございません。よろしくお願いします」

「ああ、君がこれから住む国だ。魅力を知ってもらえると嬉しい」

温かみがある微笑みとともに差し出される右手。

そっと触れてみると思ったよりも固くて、ついこの方はどんな人なのだろうかと彼の目を見てしまう。

そうだ。シュバルツ殿下は幾度となく戦場に足を運んだ歴戦の兵《つわもの》でもあった。

「どうした？」

「す、すみません。大きな手をされていましたので」

「ああ、そうか。……変かな？」

「いいえいいえ、決してそんなことは！」

（でも、こうして握ると安心する。守られているような、優しい手……）
必死で首を横に振りながら私は、彼の手の感触に胸が高鳴っていた。
「なら、良かった。さぁ、行くとしよう」
シュバルツ殿下にエスコートされ、私は王都を見物するために王宮を出る。
活気がある都を見てみたいと考えたのは本当だ。
（不謹慎かもしれないけど、ワクワクするわ）
城門を背にした私は、目の前に広がる隣国の景色に想いを馳せていた。

第二章　初めてのデート

「この王都にはこの国の人口の約一割が居住している。俺の父、つまり陛下の代から商人に対する税金を下げてからというもの、急速に商店の数が増えているんだ」

何十人もの従者を引き連れつつ、私とシュバルツ殿下は王都の大通りを歩く。

馬車で見て回るものかと思っていたので、意外だった。

(そもそも、こうして王子が自ら人質に街を案内するのも変よね)

プロポーズされたときも感じていたが、シュバルツ殿下の瞳には曇りがなく一切の迷いを感じない。

「ほら、見てごらん。この区域の商店はすべて魔道具を取り扱っているんだ。君がさっき魔力量の計測に使った札はそこの店で作られ、売られている」

「そうだったんですか。魔道具のお店がこんなにたくさん。……あのお札、金貨二枚もするんですね」

思いの外、高級品でびっくりした。

魔力の量を測れる画期的な道具だとは思ったけれど、簡素な造りだったし、高価なものには見えなかったんだよね。

「最新の技術が使われているからね。そういえば、開発したときは1万MPまで測れれば十分だった、などと言われていたんだが」

「そうなんですか？」

「今までの最高記録が5千程度だからな。だが、君のおかげで100万MPまで測れるように作った魔道具技師の努力が報われる」

そういえば私の記録は53万MPだっけ？　数字で言われてもピンとこなかったが、かなり大きな数値みたいだ。

精霊術は自然界……つまり大気中に漂っているマナという精霊の魔力を吸収して自分の魔力として放つ技術。

人間の限界を超えた魔力を体内に蓄積できるから、古代人の時代は巨大な岩を浮遊させたり、天候を国単位で変更したり、といった大それたことを行う際の術式として重宝されていたという。

「他にもこの魔道具なんかは空を飛べる最新のものだ」

「えっ？　これって絨毯《じゅうたん》じゃないですか？」

「はは、そのとおり。空飛ぶ絨毯だ。洒落ているだろ？　まぁ、滞空時間はまだ十分そこそこ。魔力が切れたら、魔術師に補充してもらわなきゃならない」

まさか、こんな魔道具まで開発されていたなんて……。

戦争が終わらず続いていたら、ネルラビア王国は甚大な被害を受けたかもしれない。そう考えるとゾッとする。

「だが、魔術師が使うなら別だ。魔力を絶えず補充すれば飛び続けられる。国一番の魔術師ならば滞空時間は数時間を超えるだろう」

「あ、それはすごいですね。でも、金貨三十枚。さすがにお高いんですね」

空を飛べる道具なのだから当然といえば当然の値段設定だ。

金貨三十枚もあれば家一軒買える。

（魔術師ならば魔力が尽きるまで飛べるのね。楽しそうだわ）

「欲しいのか？」

「へっ？　いえいえいえいえ、とんでもないです！　私は決してそんな！」

そんなに物欲しそうな顔をしていたのだろうか。

私の心情を見透かしたようなことを言うシュバルツ殿下に、首をブンブンと横に振って否定する。

「ははは、君はポーカーフェイスが苦手らしい。店主、空飛ぶ絨毯を買おう」

「殿下……！」

シュバルツ殿下は機嫌良さそうに笑い、従者に金貨三十枚を払わせて「空飛ぶ絨毯」とやらを購入する。

これではまるで私が高価な魔道具をねだったように思われてしまう。

人質として無難な言動を心がけようと思っていたのに、さすがにまずい。

「あの、本当に頂いても良いんですか？」

「どうしても要らないと言うなら返品するが……魔力量が規格外の君ならば長時間飛行できるだ

ろう」

確かにシュバルツ殿下の仰るとおり、魔力を供給している間は飛び続けられる魔道具ならば、精霊術と相性が良い。

もしかしたら、永遠に飛び続けられるかもしれない。

（ダメだ。好奇心が抑えきれない）

せっかく殿下が買ってくれたのだ。

喜んでもらっておくほうが自然かもしれない。

「それでは、遠慮なくいただきます」

「そうか。では、早速試運転してみよう」

「し、試運転ですか？」

まるで子供のような純粋な輝きを孕《はら》む瞳をこちらに向けて、殿下はこの絨毯を飛ばしてみたいと口にする。

私も興味があるといえばあるが、精霊術を魔道具に使ったのは先ほどのお札が初めて。

殿下の目の前で「空飛ぶ絨毯」を使うのは、かなり怖い。

「上手く使えるかどうか不安です」

「確かに少しコツがいる。戦場で何度か使ったことがあるから、俺が同乗して教えてやろう」

「ええっ!?　殿下が一緒に、ですか？」

驚いて、つい大きな声を上げてしまう。

（もしも下手をして殿下に怪我でもさせてしまったらどうしよう？）

「心配するな。結構俺は人にモノを教えるのが得意なんだ」

「あ、その。そういう心配をしたわけでは――」

殿下の爽やかな横顔を見ると、言葉が時々出てこなくなる。

なんというか、思わず息を吞むというか、目を奪われるというか。

私はシュバルツ殿下に案内されるがまま、王都の公園に足を運んだ。


「ここなら十分な広さがあるし、大丈夫だろう」

「はい。ほ、本当に乗るんですか？」

「もちろんだ。俺が後ろについていてやる。……この紋章に触れて魔力を手に集中すれば耐えず絨毯に供給できるんだ。ほら、こっちに来て座ってくれ」

地面に設置された赤い絨毯には金色の紋章が刺繍《ししゅう》されていた。

シュバルツ殿下は腕を組んで絨毯に座ると、手招きして私を呼ぶ。

「で、では失礼します」

（精霊の加護《マナバースト》……!!）

手のひらを絨毯の紋章の部分に当て、精霊術を使って魔力を高める。

あ、すごい。なんだか絨毯が手のひらにぴったりとくっついてくるというか、血液が手のひらから注入されていくというか、そんな感覚がする。

絨毯に私の魔力が吸収されているんだ。

私が紋章に触れると、空色に淡く輝き出した「空飛ぶ絨毯」を見て私はそう確信した。

「魔力が充実しているな。……あとは絨毯を持ち上げる様子をイメージすれば浮き上がる」

「は、はい。やってみます。……あっ！」

言われたとおりイメージすると、意外にもあっさりとふわりと絨毯が宙に浮かぶ。

（う、浮いてる！　この絨毯、本当に空中を飛んでるわ!?）

ぐんぐんと垂直に高度を上げる「空飛ぶ絨毯」。

す、すごい。もう、公園があんなに小さく見える。

んっ？　小さく見える？

あれ？　このままだとこの絨毯って――。

「おいおい、ジル。月にでも行くつもりか？」

「で、で、殿下！　これ、どうやって止めるんですか？」

太陽に向かってひとっ飛びという感じで、上昇し続ける絨毯に焦る私。

どうにかして止めないと本当に月に行っちゃう。

「持ち上げるイメージをやめたらいい。高度を維持するなら空中に固定するイメージだ」

「は、はい。固定する、イメージ！」

するとピタリと「空飛ぶ絨毯」はその場に停止した。

随分と高いところまで上がってしまった。

（こ、これってなにも知らずに使ったら空の上から真っ逆さま、みたいな事故が起こるんじゃないかしら）

想像すると寒気がして震える。

そして、その瞬間。絨毯は急速に落下を始めた。

「――っ⁉」

「危ない！　君が下に落ちるイメージをしてしまったからだ！　俺がコントロールしよう！」

「えっ？」

後ろから殿下の左腕でギュッと抱きしめられ、心臓が早鐘を打つ。

（わ、私、シュバルツ殿下に抱きしめられている⁉）

シュバルツ殿下が右手を紋章に当てると、フワッと再び絨毯は浮上した。

すでに私の魔力が絨毯に充填《じゅうてん》されているから、魔力を持たない殿下でもコントロールできるようだ。

「悪かった。初めてなのに、難しいことをさせてしまったと反省している」

「い、いいえ、お気になさらないでください。私の飲み込みが悪いんです」

公園の上空をゆっくりと旋回するように動く絨毯の上で、私は殿下に謝罪される。

空飛ぶ絨毯の扱い方は難しいどころか、どちらかと言えば簡単だと思う。

でも、雑念にも反応してしまうので、精神の安定が必要だ。

（今、殿下と交代はできないわね。……鼓動が速くなりすぎて、平静を保てない）

シュバルツ殿下の大きな腕に支えられ、その体温を直接感じているせいで、私の頭の中は真っ白になっていた。

「意識を集中するだけで良いんだ。それで、上下左右に自在に動く」

慣れた操作でシュバルツ殿下は再び私に「空飛ぶ絨毯」の扱い方を教えてくれる。

せっかく、こんなに懇切丁寧に教えてもらっているんだ。きっちりと覚えないと……。

（それにしても精霊術は魔力をいくらでも大気中から吸収できるから、こういうとき便利よね）

精霊術と魔道具の相性は抜群だった。

精霊術は自然界の魔力を吸収して自らの魔力へと変換する技術。つまり魔力が切れるということがない。

だから魔道具に魔力を絶えず供給することで半永久的に稼働させられるのだ。

つまり、「空飛ぶ絨毯」は空を飛び続けることができるのだ。

「よし、じゃあ、そろそろ下りるか。俺ではこれに魔力を与え続けることができないからね」

「はい。ご指導してくださり、ありがとうございます」

そして「空飛ぶ絨毯」は着地した。

シュバルツ殿下が紋章から手を離すと、絨毯の輝きは消えて普通の絨毯に戻る。

「なかなか面白いだろ？　ジル、気に入ってくれたかな？」

「は、はい！　とても楽しいです！　……あの、殿下。この魔道具、本当にいただいてもよろしいのですか？」

「もちろんさ。俺には魔力がないのだから、持っていても意味がない」

空を自由に飛ぶのは本当に快感だった。

あんなにドキドキしたのは初めてかもしれない。

（なにもかもが新鮮で、刺激的。こんなに楽しくて良いのかしら）

「それでは、遠慮せずにいただきます。殿下、ありがとうございます」

「ははは、君が喜んでくれるならプレゼントした甲斐がある。気にするな」

高価なものを一国の王子からプレゼントしてもらった。

人質という立場だというのに、本当に不思議だ。

（こんなに良くしてもらっていて、良いのかしら）

「その絨毯はあとで君の屋敷に届けさせよう」

「あ、はい。すみません。お手数おかけしてしまい」

殿下は従者の一人に「空飛ぶ絨毯」を手渡す。

実家にいた頃は使用人にすら、気軽に頼みごとができなかった。

（わがままを言ったみたいで恐縮だわ）

「さて、まだディナーには早いな。もう少し歩けるかい？」

「あ、歩けます！　体力には自信あるんです！」

「…………」

私の返事にシュバルツ殿下は驚いたような顔をして、こちらをジッと見る。

しまった。変なことを言ってしまったか。

いや、精霊術を使うための特訓は基礎体力の向上が必須だったので、身体はかなり鍛えていたから、つい言ってしまったんだけど。

「ははは、さすがは聖女だな。聖女になるためには厳しい修行をしなくてはならないと聞いている。……俺は努力を惜しまない人が好きだ」

「へっ?」

妹のジルには才能があった。

だから両親は彼女に多くの家庭教師をつけて、聖女になるための教育をしていた。

才能のない私は、その努力すらさせてもらえなかったのだ。

(だからこそ、一人でやるしかなかった。この力を得るために頑張った。でも――)

殿下が認めたのは本物のジルの努力だ。

私を見てくれているが、それは私ではないのだ。

だって、私は偽者だから。

「ありがとうございます。殿下」

「んっ?　俺は思ったことをそのまま口にしただけさ。礼など言わなくていい」

「……そうですか。ですが、それでもお礼が言いたいのです」

精一杯の笑顔を作って私はシュバルツ殿下の言葉に返事をした。

私は偽者の聖女。

役立たずだった、落ちこぼれだった私が初めて必要とされて、この務めをいただいている。だからこそ、聖女である妹のジルに負けない存在として、らしく振る舞わなくてはならない。

「……そろそろ行こうか。体力に自信があるならば、まだ大丈夫だろう。君に見てほしい場所があるんだ」

微笑みながら、シュバルツ殿下は私を再びエスコートする。

一体、どんなところに連れて行ってくれるのだろう。

この国に来て、まだ二日目だというのにいろいろなことが起きて、もうずいぶん長いことここにいるような気がする。

◆

「どうだ、なかなかいい場所だろ。ここから王都が一望できるんだ」

「ええ、とても美しい景色です」

シュバルツ殿下に連れられて、たどり着いたのは王都のはずれの小高い丘の上だった。

夕焼け空の下の王都が眼前に広がっている。

朱色に染まる街並み。民家も商店も、つい先ほど魔法の絨毯に乗った公園も沈みゆく太陽の光に照らされている様子が、この位置からよく見える。

その光景はまさに圧巻であった。

「きっと君はついこの間まで敵国であったところに、人質として連れて来られて不安だと思う」

「……えっ？」

「――俺も本当の話をすれば、こうして人質を取るなんてやり方は嫌だったし、今もその気持ちは消えていない」

予言者とやらのお告げに従って私を……いや、ジルをこの国に連れてくると決断したシュバルツ殿下。

殿下としてはそれは本意ではなかったからしい。

(でも、それならばどうして殿下は聖女を人質として迎え入れようとしたのかしら)

「俺はこの景色を守りたかったんだ。この平和な故郷の景色を壊したくなかった」

赤く煌《きら》めく王都の街並みを眩《まぶ》しそうに眺めながら、シュバルツ殿下は自分の正直な思いを述べる。

きっと殿下はこの国を本当に愛していらっしゃるのだろう。

「それでは、殿下はベルゼイラ王国の安寧のために私を――？」

「うーん。それは理由の半分かな。……残り半分は君の故郷の国民たちにとってのこの風景を守りたいという気持ちからだ」

「私の故郷？　おかしな話をされますね。殿下にとって守るべき対象は、この国の臣民のみではありませんか？」

意外な話を口にするシュバルツ殿下に、つい私は質問をしてしまった。

だが、本当にわからないのだ。

殿下が私の故郷まで守りたいと口にした理由が。

「それはある意味では偽善なのかもしれない。俺は無意味に人が争うのが嫌で堪らないのさ。誰しもが自分にとって大切なものを持っている。戦争はそれをいとも簡単に壊してしまう」

「そう、ですね……」

「俺はこの国の第二王子だ。だから、戦うならば勝たねばならない。だが、勝つたびに思うよ。もうこれが最後であってほしいと。……俺は俺のエゴでこの戦争を終わらせたかった」

シュバルツ殿下は「戦場の天才」という異名どおり、戦では常に勝利し続けていた。

そんな彼がまさか戦いたくないという理由から動いていたなんて……。

（いえ、そんなに不思議じゃないかもしれないわね）

まだ少ししか会話していないが、殿下は誰よりも優しく、穏やかな人だった。

この国の人たちを穏やかに夕陽で照らすあの太陽のように、温かく包み込んでくれるような慈愛に満ちている。

「良かったです」

「えっ？」

「戦争が終わって良かったと思えたんですよ。私も誰かが傷つくのは嫌ですから」

それは私の本音だった。

争いによって多くの命が奪われるという悲劇を止められたのならば、この国に来た意義は大きいのではないか。

聖女として落ちこぼれの私も、少し自信が持てた気がした。

「……ジル、君が優しい人で良かった。救われたよ、君の一言に」

逆光で顔が見えなくなっているけれど、殿下の表情はなぜか想像できた。

きっと穏やかで満ち足りた顔をされているんだろう。

「……ですが、殿下。話に水をさして申し訳ないのですが、一つだけ質問をしてもよろしいでしょうか？」

「んっ？　なんだい？」

「殿下自身がそこまで休戦を熱望されていたならば、聖女を人質として迎え入れる必要はなかったのではないですか？　そのほうが早く交渉が進んだと思うのですが」

予言に従って私を迎え入れたのはわかっている。

だが、戦況はベルゼイラが有利だったのだ。

無条件で休戦を結ぼうと切望すれば、もっと早く終わったに違いない。

「君の言うとおりだ。俺だけの意志で終わらせられるのならば、そうしただろう。だが、兄上と陛下は戦争継続を唱えていた。特に兄のクラウスは断固として勝利するまで戦争を終わらせるべきではない、という主張を曲げなかった」

「クラウス殿下が、そんなことを……」

第一王子であるクラウス・ベルゼイラ。

名将としても知られるシュバルツ殿下とは違い、戦場に出ることはないと聞いていたが、戦争の継続を願っていたのか。

「兄上を説得する材料を集めるため、俺は予言者を頼った。そして、君と俺が結婚すれば国が繁栄するという説得材料を見つけたんだ」

「それで聖女を人質にする条件を加えたのですね」

「そうだ。陛下はもちろん、兄上も最高の聖女という人材が手に入るなら、と了承してくれた。……まぁ、兄上には責任はお前にあるからな、と念を押されたが」

この国では長男である第一王子が必ずしも王位を継ぐわけではないと聞いた。

クラウス殿下が責任の所在を明確にしたのは、シュバルツ殿下に落ち度があった場合、王位継承争いが自分に有利に働くと考えたからだろう。

（これ、私が下手を打ったらシュバルツ殿下にも迷惑がかかるんじゃ……）

気を引き締めないとダメだ。でも本物の聖女じゃない私が国を繁栄させるって、どうすればいいのか。

「ジル、あの教会を見てくれ」

「教会？　──随分と長い列ができていますね」

シュバルツ殿下が指をさす方向に視線を向けると、教会の扉に続く長い行列が見えた。

あれは一体、なんだろう。お祈りにきているような人たちではなさそうだ。

「炊き出しを行っているんだ。兄上には嫌な顔をされたが、俺の一存で王宮からもいくらか寄付をしている。戦争は確かにベルゼイラが優位だったが、彼らの暮らしには少なからず影響を与えていたのだ」

食べ物に困っている人たちがあんなにたくさんいたなんて……。

きっと、ネルラビアにはもっといるのだろう。

シュバルツ殿下はそこまで考えて動いてくれたのか。

「他にも身体の調子が悪い者は無料で治療を受けられるようにしている。ネルラビア王国の教会もそんな感じだろ？」

「そうですね。聖女としての務めにも教会を訪れた負傷者たちの治療があります」

私はシュバルツ殿下の問いに答える。

そうか、あの場所には聖女の助けが必要な人たちがいるのか。それならば――。

「あの、私を教会まで連れて行ってはくれませんか？」

「んっ？　それは構わんが、一体なんのために？」

「殿下が自国の民だけを救おうと考えなかったのと同じように、私も誰かを助けたいんです」

私は聖女ジルの偽者にすぎない。

でも、それでも、いつか本物に……聖女の称号を得られるようになるための勉強はしていた。

私にもできることがきっとある。

「そうか……わかった。では、付いてきてくれ」

私の決意を確かめるように殿下はこちらを見つめると、ゆっくりとうなずいて教会へと歩みを進めた。

「偉大なる大地の精霊よ！　その雄大な力をここに示せ！　極大治癒魔法《エクスヒール》！」

精霊術で増幅した魔力を使って放った最上級の治癒魔法。

これは、あらゆる身体の異常を正常な状態に戻すという便利な魔法だ。

「びっくりした！　骨折が治ったぞ！」

医者に診てもらうお金もなく、教会に集まっていた人々に、私は精霊術で得た魔力を利用して癒やしの魔法を唱えた。

「腰痛が嘘のように消えたぞい！」

「よくわからない謎の腫《は》れが消えたわ！」

「き、奇跡だ！　二日酔いが治った！」

魔力の計測や魔道具の使用と違って、こちらは何度も特訓していたのでスムーズにできる。

(それでも、人に治癒魔法を使ったのは初めてね)

誰かの役に立つために精霊術で魔力を得られるようになってからは、魔法の特訓に明け暮れていた。

でも、故郷では……結局それを披露する機会が与えられなかった。

「見事な魔法捌《さば》きだ。さすがは最高の聖女と呼ばれているだけはある」

シュバルツ殿下は手を叩いて、私の魔法を褒めてくれた。

「あ、ありがとうございます。上手くいって良かったです」

「上手くいって良かった？」

「あ、いえ！　こちらの国で魔法を使うのが初めてなので緊張してしまってですね……」

（今のは危ない発言だったわ。まるで、初めて魔法を使ったようなことを言ってしまった。気をつけないと）

気を抜いたときが一番危ないような気がする。

シュバルツ殿下は鋭い御方なんだから、もっと気を引き締めないときっとボロが出る。

単純に大きな力が使えるだけで良いと思うのは大間違いなのだ。

本物のジルはいつも自信満々で、どんな高等な魔法も使えて当たり前というような表情をしていた。

「そうか。君のように大いなる力を持つ聖女でも魔法を使うのに緊張するとは意外だ」

「そ、それはもう。ミスをしたら大変ですから」

またもや精一杯の笑顔を作ってなんとか誤魔化そうとしてみる。

これからはなるべく魔法を使うときは無表情を心がけよう。

興味深そうにこちらを観察するシュバルツ殿下の視線に怯えながら、私は決意した。

（ここでは最高の聖女ジルとして存在できるように演じ続けよう）

これからは、厳しい特訓で精霊術を修得して魔法が使えるようになったのは、そのためということになるのだ。

それで両国の平和が保たれるのならば、私の努力はきっと無駄ではない。

「ありがとうございます！　聖女様！」

「えっ？　あ、はい」

聖女と呼ばれて、つい反射的に返事をしてしまった。

これでいい。これから私は――。

「いいものを見せてもらった。聖女ジル、最高の聖女の手際を、な」

「恐縮です。力を誇示するつもりはなかったのですが」

「いや、俺はむしろ誇示してほしかったんだ。君の力にはとても興味があって、いつか見たいと思っていた」

顎に手を当てて、観察するようにこちらを見るシュバルツ殿下。

それならば、今は大丈夫だ。

私がジルだと、聖女だと、信じてもらえる自信がある。

「さて、そろそろ王宮に戻るか。君のためにディナーを用意させたんだ。付き合ってくれるかい？」

「わ、私のために？　殿下が夕食をご一緒してくださるんですか？」

「当然だ。用意しただけで、俺が君を放置すると思うか？」

「あ、いえ。そ、そうですよね。是非、ご相伴にあずからせていただきます」

なんて馬鹿な質問をしてしまったのだろう。

しかし、いきなり一緒にお出かけしただけじゃなくって、まさかディナーまで一緒とは……。

（そういえば、昨日プロポーズされたんだった）

私はいつの間にか殿下が用意してくださっていた馬車に乗り、王宮に戻った。

◆

「どうだい？　この国の料理は」

「すっごく華やかで、とても美味しそうです！」

王宮の食堂に大きな食卓に並べられたベルゼイラ料理の数々。

特にハーブによって香り付けられた肉料理はこの国の名物として有名だ。

ネルラビアでは肉料理にあまりハーブなどは用いないので新鮮である。

「味も口に合えば良いが。さぁ、食べてくれ」

「いただきます。……お、美味しい！　ナイフがまるで手応えを感じないので、柔らかいのは分かりましたが、この口の中でホロッと溶けるような食感。そして、スーッと鼻を抜けるハーブの香りが絶妙で、とても豊かな味がします」

「………………」

あまりに美味しすぎて、つい長々と感想を述べてしまった。

殿下も呆れてしまっているのか、黙ってこちらを見ている。

（しまった。あまりにも美味しくて、ついはしゃいでしまったわ。もう少し聖女として慎み深くしないと……）

私は恐る恐る殿下の次の言葉を待った。

「……ははは、最高の聖女は食事の感想も一流なんだね」

「す、すみません。今のは聖女は関係なくて、ですね。私の素というか、なんというか」

カァーっと両頬が熱くなる。

これは恥ずかしい。どうしよう……顔から火が出そうだ。

でも、こんなにも美味しい食事を食べるのが久しぶりすぎて、つい感動してしまったのである。

（そういえば、こっちの国に来てから味がはっきりするようになった気がするわ）

実家にいた頃は両親から毎日のように「役立たず」、「穀潰《ごくつぶ》し」と小言を言われ続けていたので、肩身が狭かった。

皮肉だが、人質である今のこの状況のほうがよっぽど食事を楽しめている。

「素が出たというのはありがたい」

「えっ？」

「俺は君にいずれきちんと正式にプロポーズするつもりだ。その前に君についてもっと知りたいんだよ。理解した上で心の底から君を妻として迎えたい……だから、どんな小さなことでもいい。これからもいろいろと教えてくれ」

ワイングラスを軽く揺らしながら、シュバルツ殿下は優しく語りかけてくれる。

いろいろと話してしまうと不都合な話までバレてしまうかもしれない。

そんな不埒《ふらち》な思考が脳裏を過り、思わず息を呑みそうになるが、ぐっと堪える。

「はい。シュバルツ殿下がお望みとあらば喜んで。なんでもお答えします」

「……そうか。嬉しい返事だ。ありがとう」

殿下は返事をすると、ワイングラスに口をつけて目をつむる。

お酒のことはあまり詳しくないが、きっと良い銘柄のものなのだろう。

私もひと口含んだが、とても芳醇な香りが口いっぱいに広がって、雲の彼方に連れていかれるかと思うほど気分を高揚させてくれた。

「……しかし、今日一日君と過ごすだけでネルラビアの役人たちがなかなか君を人質として差し出そうとしなかった理由がよくわかったよ」

「そ、そうですか」

ジルは最高の聖女と呼ばれるだけの実績を確かに積んでいる。役人たちが簡単に人質として差し出すことを承諾するはずがない。

だからこそ、ばれたときのリスクを承知で私を身代わりとして出したのだ。

(簡単に許さないのは当然よね)

「俺も何回か交渉のテーブルに顔を出したが、その態度は頑なでね。……だから、外交担当が替わってあっさり交渉が成立したときは、少しびっくりしたんだよ」

「外交担当が替わった……？」

「えっ？　知らなかったのか？　まぁ、無理はないか。最初の外交担当は君の意志を確認するまでもなく初めから断固拒否の姿勢だった」

この件に関しては、本当に私も知らなかったので知らなくても違和感はないだろう。

おそらくだけど、二人目の外交担当が身代わり作戦を思いつき、私の父に相談をした。最初の外交担当がなんで交代することになったのかはわからないが、その人としては聖女を人質など論外で、父に話すらしていなかったはず。

なにせ、あのときの父の反応は、明らかに初耳という感じだったからだ。

「俺としては助かったが、拍子抜けしたのも事実だ。っと、すまない。君には関係のない話だったね」

「い、いえ、関係なくはないかと」

新しい外交担当になって、いきなりの態度の急変には驚いただろう。

シュバルツ殿下の気持ちは私にも容易に想像ができた。

「気付いているかと思うが、魔力量の測定は君が本物の聖女なのか見極めるためだった」

(やっぱり、そうだったのね)

これは測定をすると聞いたときから、なんとなく予想していた話だ。

意図が露骨だったのは、それがバレたところで誤魔化せないと考えていたからだろう。

「外交担当が替わった途端に人質を差し出すことに前向きになったので、なにかあったのかと疑っていたんだ。……だから、君が圧倒的な魔力を見せつけてくれて安心したよ」

精霊術を身につけていなかったら、両国は再び戦火に見舞われてしまったことだろう。

(想像するだけで恐ろしいわね)

「それでは、今日私を王都見学に連れ出してくださったのも、私の力を見極めるためだったのですか？」

「……それは違う。さっきも言っただろう？　俺は純粋に君のことを知りたいんだ」

「――っ⁉」

力強く見つめられると、また胸が高鳴る。

さっきだって、雲に届きそうなくらい舞い上がったにもかかわらず。

「君は我が国の文化を知らないから無理はないが、この国では俺も含めて、ほとんどの者が予言を信じている。影響力がとても強いんだ。予言が君と結ばれることで国の繁栄を保証してくれているのなら、俺はなんとしてでもその予言に従いたい」

熱っぽく語るシュバルツ殿下はきっとベルゼイラ王国が大好きなのだろう。

それでも私に無理に婚約を迫ろうとせずに、ゆっくりと時間をかけようとしてくれているのはその気質ゆえ。

（こんなにもまっすぐで誠実な人は初めてだわ）

不器用なところも感じるが、シュバルツ殿下の人となりは見事としか言えなかった。

普通は元敵国の人質を一人の人間としてここまで丁重に扱わない。

きっと、今こうして穏やかに食事の時間が持てるのはシュバルツ殿下の尽力があってのことだ。

「予言者という方はそんなにすごいのですね」

「ああ、すごい。我が国に限っての話だと思うが、過去にも幾度となく国の繁栄に貢献している。

他国の者は胡散臭《うさんくさ》いと感じるかもしれないけど」

「いえ、私はそんな……」

正直言って、シュバルツ殿下ほどの方がこれほどまで信頼していなかったら、私も素直に予言者という存在をそこまで大きく捉えなかったかもしれない。

歴史的な話をすれば私の故郷でも、王族が予言を生業《なりわい》としている者を頼っていた時代があった。しかしながら、現在は予言者にそれほどの発言権はない。

予言や占いの類いはいまいち精度に欠けるからだ。

「無理をして話を合わせなくて良い。実際、俺も占いの類いは信じないほうだ。だが、代々王宮に務める宮廷占い師の一族がいて、彼らの予言は信じざるを得ないと思わせるほどに当たっているんだ」

「宮廷占い師？」

「そう、占い師だ。ベルゼイラ王家には代々と受け継がれている専属の占い師が一人いて、予言者とも呼ばれている。予言の頻度はそう多くないが大事な場面できっちりと当ててきた。ここ百年以上の間、何世代も移り変わっているが……誰もが未来の出来事をかなり正確に予知してきたんだ」

「そ、そんなに当たるんですか」

「特に今の代の予言者はすごい。俺の知る限りでは百発百中だ」

信じられない。

未来を確実に言い当てる者がいるなんて……。

魔法については古代のものまでいろいろと調べたので知識はあるつもりだけど、未来予知に関するものについてよくは知らない。

魔法ではないのだろうか？

でも、そんな奇跡みたいな予言を魔法以外でどうやって？

「だから俺は君といつか結婚したいんだ。まだ焦らせるつもりはない。無理強いもしたくない。今はとりあえず……お互いについて知ろう」

「は、はい。お気遣いいただき、感謝します」

百発百中という実績のもとで私と結婚したほうがいいという占いの結果が出ているのなら、なんとしてでも結婚させようと考えるだろう。

（でも、私は本物のジルじゃない）

これはますますバレたら大変な話になりそうだ。

予言によれば、本物のジルなら国は繁栄する。でも、偽者のジルなら？

「堅苦しい話はここまでにして、遠慮なく飲んで食べてくれ。ワインも君のために良いものを用意したんだ」

（あ、本当に美味しいわ）

「ありがとうございます。では、いただきます」

口に含んだ瞬間、芳醇な香りが口いっぱいに広がって、程よい渋みがワインの質の良さを感じさせる。

こんなに優雅な夕食は生まれて初めてだ。

なんせ実家で私は、家族と同じものを食べることなどほとんどなかった。

落ちこぼれの穀潰しには、必要最低限の質素な食事しか与えられていなかったのである。

今日はいろいろとあったけれども本当に楽しかった。

これからの生活、もちろん不安もあるがなんとかやっていこう。

微笑みながらこちらを見つめているシュバルツ殿下を見つめ返しながら、私はもう一度ワイングラスに口をつけた。

【閑話】最高の聖女の生い立ち（ジル視点）

生まれながらにして高い魔力を持っていた私は、両親にアウルメナス家最高の聖女になるべく英才教育を受けさせられた。

物心ついたときには、家庭教師が五人もついて魔法の特訓に明け暮れる毎日。

『ジル、お前は天才だ！　だが、その才能も鍛えねば開花はしない！　ワシがお前に金をかけて教育するのはお前に期待しているからなのだよ』

お父様は私を天才だと持て囃し、厳しい特訓漬けの生活を強要した。

『どうして、ミネア姉さんはなにもしないのよ。ずるいじゃない！　同じ日に生まれた双子なのに』

『ミネアは魔力がほとんどない落ちこぼれだ！　ワシがどんなに金をかけて教育しても無駄になるのが見えとる！　お前はミネアのことなど放っておいて、優れた魔術師になれるように努力し続ければいいのだ！』

あのときは本当にミネア姉さんが羨ましかった。

だってそうでしょう？

私が毎日のように魔法の特訓をさせられているのに、姉さんはなんにもしていないんだもの。

家庭教師に外の演習場に連れ出され、みっちりと魔法の特訓をされたあと、ヘトヘトになりながら家に帰ると、元気そうな姉さんがいる。

段々、腹が立ってきたのよね。

だから、ミネア姉さんとはいつの間にかあまり口を利かなくなっていた。

本当ならば自分の身代わりになったミネア姉さんに対して、申し訳ないと思うべきなのかもしれない。でも――。

「私は悪くないわ。ミネア姉さんが勝手に私の身代わりになったのよ。ずっと楽して暮らしていたんだし、それくらい当然じゃない」

今の私は、この国の歴史で最高の力を持つ聖女として認められている。

修得した魔法の数々、その威力。助けてきた民の人数。そのすべてが、歴史上の誰をも凌駕《りょうが》すると国王陛下が認めてくれたのだ。

これは私の努力の賜物《たまもの》。私の誇り。

家庭教師による特訓を済ませたあとも、私は親の期待に応えるべく、寝る間も惜しんで自ら魔法の修行に明け暮れた。

死にものぐるいになって力を手に入れ、ここまでになったというのに、人質になるなんてあり得ない。

（ミネア姉さんが代わりに敵国に行ってくれて本当に良かったわ）

心の底からそう思っている。

落ちこぼれで、なにもせずに生きていた姉さんが、ようやくみんなの役に立ったのだ。

それだけは認めよう。あんな姉でも感謝しよう。

「はぁ……、でも面倒なこともあるのよね」

私はお父様との会話を思い出す。

『ジル、いやミネア。街に行くのか？　わかっておるだろうが、今はまだ魔法を使ってはならんぞ。お前は聖女ジルではなく、ミネアということになっとるのだからな』

『はいはい。お父様こそ、私の名前を呼び間違えないでくださいね』

『わ、わかっとる！』

つまり、私は当面の間ミネアとして暮らしていかねばならない。

ジルを人質として送ったことになっているので、本物がこの国にまだいるとバレたら、再び戦争が始まるからだそうだ。

（意味がわからないわ。なんで私がミネア姉さんの代わりを務めなきゃならないの？）

私が聖女になるまで、どれだけ頑張ったか。

なのに、今はその力を使うのも許されず静かに暮らせと強要されている。

まったく、理不尽で忌々しい。

これなら、私が身代わりなど使わず人質になったほうが良かったかもしれない。

少なくとも、聖女としての力を隠すなどというストレスとは無縁だったであろう……。

「おっ？　アウルメナス家の無能令嬢じゃないか」

「はぁ？」

あまりにも無礼な言葉を投げつけられ、私はムッとして振り返る。

この顔には見覚えがあるわね。

アウルメナス家の分家筋《ぶんけすじ》の次男だったかしら。

「魔法も使えん、無能のくせになんだ？　その目は」

ニヤニヤと腹が立つ笑みを浮かべて、私の不機嫌な声に対してさらに悪態をつく男。

この男の親は私の両親にペコペコしているし、彼だっていつも私に対しては聖女だと持ち上げてひれ伏していたのに、ミネア姉さんにはこんな態度を取っていたの？

「やかましいですね。あなたの無礼な態度はお父様に報告――きゃっ！」

「んだと？　ミネア、お前は父親から無視されているって聞いたぞ。いないほうがよい娘だったってな」

「お、お父様が？」

「なにを今さら驚く？……だから、俺たちはお前よりも立場は上なんだよ。魔法も使えん落ちこぼれには価値がないからな」

ま、まさか。ミネア姉さん、ずっとみんなからこんな態度を取られていたの？

お父様はミネア姉さんには期待してないって言っていたけど、分家の人間にまでこのような扱いを受けていたのに黙っていたってわけ？

「い、いい加減にしなさいよ」

こういう連中が一番嫌い。

相手を弱者とみなしたら、調子に乗って悪態ついて……こんな奴らに比べたら卑屈なミネア姉さんのほうがまだマシよ。

私は魔力を右手に充実させて、魔法を使おうと手をかざす。

「な、なんだよ、お前！　ま、魔法も使えないくせに！　そんな脅し通用しないぞ！」

「……くっ！」

そうだったわね。

ミネア姉さんのフリをしている私がここで魔法を使ったら、すべてが台無しになるところだった。

まったく、身代わりの人質なんて本当に出すもんじゃないわ。

「ははは、やっぱり使えないんじゃないか。無能令嬢、ミネア・アウルメナス。北の森の奥で魔法の練習をしていたっていう噂を聞いたが、無駄だったみたいだな」

北の森で魔法の練習を、ですって？

そういえば、ミネアはなにかをお父様に見せようとしていたような。

確か、『精霊術』だったかしら。

「とにかく邪魔です。退いてくださる？」

「んだと？　うわっ！」

私がこの男の横をすり抜けようとしたら、生意気にも腕を掴んできたので、投げ飛ばしてやった。

聖女が扱うのは魔法だけではない。

危険な魔物たちの巣窟では、身を守るために結界を作るのだ。

こんないかにも温室育ちの坊ちゃん一人投げられなくてどうする？

あの男は北の森と言っていたけれど……ミネア姉さんは魔法を使う特訓を、いつどこで、どの程度本気で行っていたのかしらね。

初めて、ミネア姉さんに興味を持った。

姉さんはなにも語らなかったから。

私が家庭教師たちに朝から晩まで教育してもらっている間、なにもしていないと聞いていたから。

確かめてみよう。あの人がなにをしていたのか、を。


北の森のずっと奥。もう引き返そうと思うくらい歩いた先に、その光景があった。

「こ、これは一体。ミネア姉さん、どんな魔法を使ったというの？」

巨大な岩に、えぐられたかのような大きな穴が空いているのを見て、私は驚愕する。

これは並の魔法ではない。

こんな芸当はいくら私でもできない。

ミネア姉さんが使ったとは信じられなかったが、それは間違いなかった。

（この魔法を使ったときに描いた魔法陣はアウルメナス家だけに伝わる秘伝。父にはこんな芸当は無理だし、こんなところに父が来るわけがない。それにしても――)

「魔法の規模が違う。人間の限界まで魔力を高めても、これはできない」

つまり、ミネア姉さんが言っていた精霊術とやらがこれほどの力を発揮したということだろう。

それにしても、この物騒な空間はなにかしら？

地面や岩がところどころ穴だらけになっていて、魔力が暴走した痕跡も無数にある。

岩に刻まれた跡には、かなり古いものも、ちらほらある。

「まさか、特訓していたの？　ミネア姉さんはここで、ずっと……」

私はミネア姉さんは、聖女になることをとっくの昔に諦めてしまったと思い込んでいた。

だけど、それは誤解だったようだ。

精霊術とやらを使って、力がないなりにどうにかしようと試みていたのだ。

「でも、精霊術なんてどうやって調べたのかしら？」

私は聖女になるために日々、勉強していた。

メインは魔法についての学問だ。

そんな私ですら精霊術というものについては、まったく知らなかった。

父は「弱者の工夫」と切り捨てていたが、よほどマイナーな術なのだろう。

「ここまできたら調べてみる？　いなくなってからじゃ遅いかもしれないけど」

もう、ミネア姉さんはここにはいない。

落ちこぼれの双子の姉。お父様からはそう言い聞かされてきた。

私はずっと楽をしている姉さんが嫌いだった。

私が苦しい思いをして勉強させられているのに、なにもしていないと思っていたから。

「知ったところで、あの人が自己主張しなかったのは事実。そういうところは絶対に好きになれないけどね」

そんな言葉を口にしながら、私は自分の家に帰ることにした。

◆

「なるほど、古代魔術の知識ってわけね」

姉さんの部屋にあったのは膨大な数の魔法学の書物。

しかも、最近のものではない。

ほとんど誰も読めないとされている古代の文献だ。

「姉さん、まさか独学で古代語を覚えたっていうの？」

それは気の遠くなるような作業だっただろう。

なにせ、古代語は現代語と文法からして、まったく違う言語なのだ。

大昔に滅びてしまったという古代人。

彼らが使っていた魔法は、私たちの使っているものとかなり勝手が違っていたと聞く。

伝聞なのは、それをはっきりと知っている者がほとんどいないからだ。

「簡単じゃ、ないはず。しかも、必ずしも姉さんの望んだ力が手に入るとは限らなかったのに」

事実としてミネア姉さんは精霊術という技を覚えて、力を得た。

でも、最初は成功するかどうかわからない。

古代語を覚える前は、精霊術というものの存在も知らなかったはず。

姉さんは無駄になる可能性も承知で知識を得て、薄い望みを古代魔術にかけて、努力したのだ。

「執念深いってレベルじゃないわよ。失敗したら、すべての時間と努力が無駄になるんだから」

これだけの力を手に入れておいて、ミネア姉さんはあっさりと身代わりになる話を受け入れた。

あの場で力を行使して、それを拒否する選択だってあったのに。

私にはどうしてもそれが納得できない。納得したくない。

「ふんっ！　だからなんだって言うの？　私だって人質なんかになりたくなかった！　私のせいじゃないわ。黙って受け入れた姉さんが悪いのよ！」

そうだ。私はなにも悪くない。

あの役人が、お父様が、決めた話なんだから。

ミネア姉さん、あなた本当に馬鹿よ。

頼むから下手な真似してバレるのだけは勘弁してよね。

そうなったら、今度こそ、私が人質として行くしかなくなるじゃない。

面倒ごとになるのは勘弁してもらいたいところね……。

第三章　第一王子と予言者と

寝心地の良いベッドでたっぷりと睡眠を取った私は、小鳥のさえずりで目を覚ます。

この国で人質として生活するようになって、すでに半月が過ぎた。

「こんなにのんびりしていて本当に良いのかしら？」

あまりにも毎日がゆったりと過ぎていて、とても人質になっているという気がしない。

カーテンの隙間から入ってくる陽光に吸い寄せられるように、私は窓を開ける。

「こんなに立派なお屋敷に住まわせていただいて、やっぱり殿下の婚約者候補という前提での待遇なのよね」

広いお屋敷で食事をしてお散歩をして、ときにはティータイムを取り、就寝するだけの日々。

そこにはなんの煩《わずら》わしさもない。

メイドのニーナさんと執事のアルベルトさんは住み込みでずっと屋敷にいてくれて、なにかと私を助けてくれる。

ただの人質だったらこうはいかなかったはずだ。

予言によって私、いや妹のジル・アウルメナスとシュバルツ殿下が結婚すればこの国は繁栄するという結果が出た。

その予言は殿下曰く百発百中。必ず当たるという。

（つまり、国としても私になにかあったら困るというわけね）

普通なら逃げ出すようなことがあってはならないので、監禁してもおかしくないところだと思うけれど、そうしないのはシュバルツ殿下のお人柄だろう。

「ジル様！　お着替えのお手伝いをいたします！」

「ニーナさん、ありがとうございます。では、お願いしますね」

毎日、私が起きる時間を見計らって、メイドのニーナさんは着替えの手伝いをしにきてくれる。

実家にいたときは、父が使用人の無駄遣いだと言って私の世話を一切禁じていたから、人に着替えを手伝ってもらえるのは新鮮だった。

〝アウルメナス伯爵家の恥晒し〟

〝落ちこぼれの娘である私は無駄に生きているだけの、無価値な存在〟

こんな言葉を口癖のように繰り返す父を、いつか見返してやりたかったけれど――。

「はい！　終わりましたよ！　ジル様は今日もおきれいです！」

いつの間にか、そんな惨めな気持ちはどこかに行ってしまっていた。

きっと、この身代わり人質生活がこんなにも優雅で、居心地が良いからだろう。

そして、決してバレてはならぬという緊張感もまた、私の悩みなんてちっぽけなものだと思わせていた。

「ジル様、なにを読んでいらっしゃるのですか⁉」

ガーデンチェアに腰掛けて、日光浴をしながら読書するのが最近の日課だ。

マナを安定して体内に取り込むのは、太陽のもとが一番なのである。

そうして、なにかあったときにとっさに魔法を使えるようにしておかなくては、いざというときに困る。

これは、この国に来てすぐに実感した。

「読んでいるのはこの国の歴史についてですよ。もっとここ、ベルゼイラ王国について知りたいと思いまして、シュバルツ殿下に良い本はないかとお尋ねしたのです」

「ご立派です！　ニーナはすっごく感動しました！　ジル様がそこまでこの国に興味を持ってくださったとは！」

「大げさですよ、ニーナさん」

本当にそんな大層な話ではないのだ。

この国で無用なトラブルは絶対に避けたい。

しかし、文化の違いで計らずも失礼な行動をしてしまう場合もあるだろう。

知識は身を助ける。それだけは私の経験で得た数少ない真実だ。

たとえば、修行中にこんな話があった。

精霊術を覚えたてで、魔力のコントロールが上手くいかず、大爆発を起こしてしまったときのことだ……。

傷だらけで今すぐにでも魔法で治療しないと命にもかかわる状況。

そんな状況だからこそ、私はパニックに陥ってしまい、魔力は十分あるにもかかわらず魔法を上手く発動できなかった。

——早くどうにかしないと。

そこで思い出したのは、とある魔法指南書の一節である。

魔法の精度とは集中力に依存する。

冷静さを欠いているとき、魔法の精度は著しく低下する。

魔術師たる者、いかなるときも冷静さを欠くことなかれ……。

だが、ときには集中力を欠いてしまい……どうにもならぬときもあるだろう。

そんなときは、頭の中で真円を想像するが良い。

そしてその真円の中心に点を描き、その一点に集中しながら魔法を発動させてみるのだ。

——集中……一点に集中させて、発動。

痛みに耐えながら集中力を高めた私の魔法は、無事に発動して治療もきちんとできた。

知識のおかげで命が救われたのである。

(だからなのかな。時間があるときに本を読むくせがついたのは)

目をキラキラさせながらこちらを見ているニーナさんの顔を見ながら、私は少しだけ昔の話を思い出した。

「じゃあ、その本はシュバルツ殿下のオススメなんですか!?」

「ええ、そのとおりです。殿下がわざわざ人を使って届けさせてくれまして。お手数をおかけしたと、御礼状を先日送らせていただきました」

シュバルツ殿下は本当に律儀な方だ。

ちょっとした雑談で、私がこの国の歴史を知りたいと口にすると、その日のうちにこの本を用意してくれた。

決してねだったわけではなかったので、随分と恐縮したものである。

(でも、それ以上に嬉しかったのよね)

今まで数え切れないほどの本を読んだ経験があるが、こんなに温かな気持ちで読むのは初めてだ。

「殿下の気持ちに報いるためにも、暗唱できるくらいは読み込まなくては」

「ジル様、真面目すぎます～！」

ニーナさんが淹れてくれたお茶をひと口飲んで、意気込みを語ると彼女は苦笑する。

真面目、なのだろうか。

少なくも私はシュバルツ殿下の期待に応えたい。

偽者でも、本物に負けないように、頑張りたいのだ。

「ジル様、お話ししてもよろしいでしょうか？」

本に視線を戻してすぐ、アルベルトさんが声をかけてきた。

少しだけ、焦っているように見える。

一体、なにがあったのだろうか。

「構いませんよ。どうしたのですか？」

「実は、殿下が至急ジル様にお話があると、王宮まで来るようにとのご命令です」

「シュバルツ殿下が、ですか？」

「あ、いえ。それが――クラウス殿下でございましてですね……」

クラウス・ベルゼイラ殿下？

シュバルツ殿下のお兄様、第一王子が私とお話ししたいと望まれているですって？

なんの話なのか、まったく見当もつかないが漠然と嫌な予感がした。

「あの、ジル様？」

「あ、いえ。承知いたしました。クラウス殿下のご命令とあらば、断るなどという選択肢はございません。すぐに外出の準備をいたします」

シュバルツ殿下はあのとき、語っていた。

停戦にクラウス殿下は最後まで反対していた、と。

（つまりクラウス殿下は私の故郷をよく思っていないのよね）

本来ならば戦争に勝利して、占領下に置きたかった国の聖女と会う理由はなんだろう。

どう考えても、いい話ではなさそうだ……。

◆

魔力量を測定して以来の訪問となるベルゼイラ王宮。

何度見ても、その荘厳な外観には圧倒される。

足取りが重いのはそれが理由ではないが。

「私たちがお供できるのはここまでです」

「ジル様！　頑張ってください！」

こちらの緊張が伝わりすぎたのか、ニーナさんもアルベルトさんも神妙な面持ちで私を見ている。

まったく、ポーカーフェイスもできなくて情けない。

（いつも強気なあの子なら、こういうときでも毅然としていたでしょうね）

本物のジル・アウルメナス。

私の妹にして、最高の聖女と称される彼女。

妹の自信に満ち溢れた表情には憧れた。

あの子には、弱音を吐かずに努力し続けていたという自負があったのだ。

（本物の自信がほんのわずかでも私にあれば……！）

自信を持つために力を求めた。そして今の私には、力がある。

「失礼いたします。ジル・アウルメナス、参りました」

震えそうになっている手になんとか力を込め、クラウス殿下の執務室をノックする。

大丈夫だ。私は確かに偽者だけど……この力とあの特訓の日々は本物なのだから。

「やぁ、聖女殿。歓迎パーティーに顔を出せなくて悪かったね。僕もいろいろと忙しくてさ。第二王子の弟ほど暇じゃないんだ」

モノクルをかけた茶髪の男性が、こちらに声をかける。

彼がこの国の第一王子、クラウス・ベルゼイラ殿下か。

――歓迎されていない。

一言目から遠回しにそう仰っているように聞こえて、重苦しい空気が室内を支配した。

「ご挨拶が遅れて申し訳ありません。ジル・アウルメナスでございます。本日はクラウス殿下のご尊顔を拝見できて、光栄の極みです」

「んー？　別にいいよ。君のかしこまった挨拶など僕は全然望んでいないからさ。ま、そこのソファーに腰掛けなよ。聖女殿に話があるんだ」

頭のてっぺんからつま先まで、まるで値踏みするような不躾な視線を送りながら、座るように促すクラウス殿下。

言葉の端々に私への悪意や敵意を感じるのは気のせいだろうか。

獲物を狙うキツネのような鋭い視線に内心怯えながら、私は席につく。

「で、ええーっと、聖女殿。君の名前はなんだったたっけ？」

「えっ？　あ、はい。ジル・アウルメナスでございます。殿下」

そういえば、この方はまだ一度も私の名前を呼んでいない。

部屋に入る直前と直後に二度も名乗ったにもかかわらず、わざわざ再び名前を確認するというのは、嫌がらせなのだろうか。

それとも――。

「そうそう。ジル・アウルメナス！　ジル・アウルメナスだったね。かの国の最高の聖女と呼ばれている女性の名前だ」

「……殿下？」

「おっと、気を悪くさせたらすまないね。僕くらいの身分になると、簡単に名前を覚えなくなるんだよ。だって、そうだろ？　王族が名前を覚えるってだけで価値があるんだ。その価値を安売りしちゃあ、ダメだよねぇ？」

ニタァと笑顔を作って、クラウス殿下は持論を展開する。

（まるで、私が王族の方が名前を覚える価値があるのか疑問に思っているとでも言いたいようだわ）

「まぁまぁ、そんなに緊張するなよ。僕だって聖女殿の名前は覚えたいと思っているさ。だって、弟の妻になるかもしれない女性なんだからねぇ」

「は、はい。是非とも覚えていただきたく存じます」

「うむ。良い心がけだねぇ。……君が本物のジル・アウルメナスならば、僕も名を覚える努力をすると誓うよ」

「――っ!?」

やはり、私を疑っていたのか。

丁寧にそのような雰囲気を醸し出してくれていたおかげで、シュバルツ殿下のときよりも顔に出さずに済んだ。

(とはいえ、厄介な話になってきたわね)

クラウス殿下はシュバルツ殿下と比べて、段違いに敵意が強い。

そう簡単には信じてくれないだろう。

「私を偽者だとお疑いになられているのでしょうか?」

「当たり前だろ? ジル・アウルメナスには無能な双子の姉がいるらしいじゃないか。見た目が瓜二つならば、僕なら最高の聖女を送らずにダメな不良品を送りつけるなー」

無能、ダメな不良品。

わざとそのような言い方をして、身代わりではないかと疑っている私の動揺を誘おうとしている?

そのような言い回しは確かに私の心を抉《えぐ》る。

(でもね、殿下。あなたはきっと想像できなかったのね。私は生まれてからずーっとそうやって心を削られてきた)

要するに慣れているのだ。

毎日のように浴びせられる罵《ば》詈《り》雑《ぞう》言《ごん》。

何千回、何万回と続けられるうちにいつしか私はなにも感じなくなっていた。

だから、これくらいは平気。まったく問題ない。

「聡明であらせられるクラウス殿下の理屈はわかりました。しかしながら、殿下。弟君であるシュバルツ殿下もまた、同様に私が偽者だとお疑いになられ、その力を試しました。その際に私は力を示し、本物だと認められたのです」

そう。この疑いは二度目。

偽者を用意するというやり方はシュバルツ殿下も想定していた。

だから危なかったのだ。

危うく、この国に来て最初の朝にそれが見破られるところだったのだから。

「シュバルツは甘い。君がインチキをしたという可能性をまるっきり見落としている」

「い、インチキ、ですって？」

「そうとも、インチキだ。魔力量53万ＭＰなどあり得ない。やりすぎは良くないというのは、これから教訓にしたまえ」

つまりクラウス殿下は私がなんらかの不正を働いて、魔力の量が大きいと見せかけたと仰っているようだ。

そもそも、魔力の量を数値化して調べる技術があるなど私は知らなかった。

その点をまったく警戒していなかったのだから、父も役人も知らなかったはずである。

（そう主張したとしても、理解してもらえるかしら？）

「殿下、誓って私は不正などしておりません」

「インチキをした奴は必ずそう言うさ。残念だが、君が偽者だと僕は知っている。聖女殿、認めたまえ。君にはなんの力もないと。さもないと――」

目を見開いた殿下はパチンと指を鳴らした。

すると、執務室の壁がグルンと回転し、中から弓矢を構えた兵士たちが出てきて私を取り囲む。

（えっ？　こ、これってどういう状況？　まさか、兵士たちを使って）

あまりにも苛烈な手段を使ってきたので、驚きすぎて腰が抜けそうになった。

「聖女殿……言っておくが君が偽者だった場合、僕は君を生かしておくつもりはない。ネルラビアが偽者の人質を殺したことを口実に攻めてきたら願ったり叶ったりだ。陛下も不義理な隣国と戦争を再開することに反対はしないだろう」

「仰っている意味がわかりません」

まるで戦争の再開を待ち望んでいるようなクラウス殿下の物言い。

背筋が寒くなりながらも、私は殿下から目を逸らさなかった。

「つまり、僕は君の命を奪うにあたってなんの躊躇もないってわけだ。本物の聖女ならば、この程度の矢くらいなんでもないだろ？」

「…………」

この人は本気だ。

残忍な瞳から察せられたのは純粋な殺意。

（だけど、ここで認めるわけにはいかないわ。私だって、退けないところまで来ているんだから）

目を閉じて……集中力を高める。

体内に大気中の魔力を吸収して、充実させる。

「黙っていても僕は容赦しないよ。やれ！　本物ならばこの程度では死なん！　手加減はするなよ！」

「「「はっ！」」」

クラウス殿下の号令とともに一斉に矢が放たれた。

困った。王族にある人がこれほど、躊躇いもなく目の前で人を殺すことができるなんて、予想外も良いところだ。

――これからは、もっと注意しなくては。

私は精霊術で吸収した魔力を使って、全身を防御する。

「はぁ？　き、貴様、なんだ？　それは……」

「簡易結界です。全身に魔力の層を纏わせて、小さな結界を作りました。殿下の仰るとおり、弓矢くらいではビクともしません」

放たれた矢は結界にぶつかり、皮膚に当たることなく、矢じりは折れてポトリと落ちる。

できるだけ余裕を見せたほうが良いと思い、無理やり私はポーカーフェイスを維持した。

（まったく、聖女かどうかこんなやり方で確かめようとするなんて、シュバルツ殿下とは大違いだわ）

第一王子クラウス・ベルゼイラ殿下。

これから、私が最も警戒すべきはこの方なのかもしれない。

「くくく、ははははっ！　なるほど、なるほど。大した力の持ち主だ。聖女殿は」

「恐縮です。ですが、このようなお戯《たわむ》れはもうなさらないでください」

私は努めて冷静にクラウス殿下にそう告げる。

この方はなにをするのかわからない人だ。

とにかく怖い。早くこの場から去りたい……。

「だが、悪いが僕はまだ君を認めたわけじゃあない。だから、今度は――」

「もうやめてくれ、兄上。ジルにそれ以上、手を出すな」

またもやクラウス殿下が指を鳴らそうとしたところで、シュバルツ殿下が部屋の中に入ってきて、それを止めた。

クラウス殿下はつまらなそうな顔をして、シュバルツ殿下の顔を見る。

「おやおや、シュバルツじゃないか。無断で兄の執務室に立ち入るのは感心しないな。ノックくらいしたらどうだ？」

「ノックならしたさ。だが、返事がないから心配して入ったまでだ」

「相変わらず減らず口を叩くなぁ、お前は」

苛立ちを隠そうともしないクラウス殿下。

シュバルツ殿下の登場をよく思っていないようだ。

「兄上こそ俺にこんな口を利かせないでくれないか。ベルゼイラ王族の品性を疑われると俺も困

る」

「ちっ……いちいち嫌な言い方をする男だ。僕はお前のために、この最高の聖女が本物かどうか確かめてやったというのに」

ムッとした表情で、クラウス殿下は弟であるシュバルツ殿下に言い返す。

（クラウス殿下の敵意が入り混じっているあの目。弟のシュバルツ殿下にも向けるのね）

「心配は無用だ。俺は俺の責任で結婚相手を決める。余計な真似はしなくていい」

「お前の責任ときたか。まぁ良かろう。もしも、その女が偽者だった場合……お前がその落とし前をつけるならば、なにも言うまい。聖女殿、今日のところはシュバルツに免じて見逃してやる。さっさとここから立ち去るといい」

面倒くさそうに摑まれていないほうの手を、ひらひらさせながらクラウス殿下は私に退出を許可した。

良かった。シュバルツ殿下が助けにきてくれて。

「と、いうわけだ。ジル、言われたとおりさっさと出るとしよう」

「あ、はい。シュバルツ殿下」

差し出された彼の手を握り、私は執務室から出る。

ほんの十分ちょっとしか経っていないやり取りだったにもかかわらず、ドッと疲れた。

それにしても、クラウス殿下。まるで私が偽者だと決めつけているような態度だったな。

（なにか故郷から秘密が漏れたのかしら）

いや、それならば変に試すなんて真似はせずに問答無用で証拠を突き出しているだろう。

うーん。よくわからないけど気をつけなくては……。


「……すまなかった」

「えっ？　なにがですか？」

クラウス殿下の執務室を出てから、殿下は王宮のテラスでお茶をごちそうしてくださった。

ニーナさんの淹れてくれるお茶も美味しいけど、王宮のお茶も風味が奥深くて好きだな。

ちなみにニーナさんたちは少し離れたところで控えてくれている。

休んでくださいと頼んでも、主の護衛も兼ねているからと譲ってくれなかった。

「いや、兄上が君を疑って無礼を働いただろう？　君からすると人質にまでされて、酷い目に遭わされたんだ。さぞかし不快に思ったんじゃないかって、ね」

どうやら、シュバルツ殿下は先ほどの出来事に対して私が怒っていると思っているみたいだ。

「不快だなんて、とんでもありません。双子なのは事実ですし、シュバルツ殿下もお疑いになられていたではありませんか。クラウス殿下も国を想うがゆえの行動かと」

ここでことを荒立てるほうが面倒だと判断して、私は殿下の行いに対して理解を示すふりをした。

本能がそう言っている。クラウス殿下は恐ろしい人である、と。

「そうか。君は人間ができているんだな。俺なら兄上の顔を何発か殴っているところだ」

「殿下⁉」

いきなり物騒な物言いに思わず声が上擦《うわず》ってしまった私。

軍人という一面もあるシュバルツ殿下がクラウス殿下に手を出せば大事になりそうだ。

「はは、冗談だ。……だが、兄上には注意してくれ。あの人が君を疑ったのは国のためじゃない。俺への敵愾心《てきがいしん》からだ」

「敵愾心？　それって、どういう意味でしょうか？」

どうやらクラウス殿下が過激な手段を用いて私を偽者だと暴こうとしたことは、シュバルツ殿下と関係があるようだ。

前に食事をしたときから薄々感じていたが、シュバルツ殿下は兄のクラウス殿下をあまり良く思っていないのかもしれない。

「そうだな。どこから話そうか。……この国の次期国王について、どうやって決めるのか知っているか？」

「あ、はい。国王陛下が指名するんですよね。確か、男児が複数いた場合は必ずしも長兄が次期国王と決まっているわけではなく、総合的に見て判断すると聞いています」

今日も読んでいたシュバルツ殿下に借りた、この国の歴史に関する書物。

そこに記されていたのは能力主義による王位継承順位の制定。

生まれた順番ではなく、より国王に相応しい資質を持つ王子が次の国王になるという決まりは、私の故郷と大きく違う点である。

「よく勉強しているじゃないか。つまりこの国には俺と兄上、二人の王子が次期国王の座を狙って牽制しあっているのさ」

「では、陛下はまだお二人のどちらを次の国王にされるのか、決めかねているというわけですか？」

「そのとおり」

なるほど。

お二人の年齢を考えるととっくにどちらが次期国王なのか決まっていそうなものだと思っていたが、まだ決まっていなかったのか。

それならば、二人の関係がピリッと緊張した間柄なのもうなずける。

特にクラウス殿下はプライドが高そうだし、弟であるシュバルツ殿下に負けるのは絶対に避けたいと考えていそうだ。

「……兄上は武芸が苦手でね。戦場《いくさば》に足を踏み入れた経験がないのだ。俺はこのとおり戦ではそれなりに武勲を立てているし、国民からの支持という点では俺が一歩前に出ている」

「シュバルツ殿下の勇名は故郷にも届いておりました」

そう、シュバルツ殿下は「戦場の天才」という異名を持つほどの名将。

王子でありながら軍を率いて、その強さたるや百戦錬磨。

そんなお人が国民からの支持がないはずがない。

「昔はそれほどじゃなかった。規則で陛下が指名すると決まっているが、歴史上に長男以外が王位を継承したケースは稀だ。兄上も当然自分が継げると思っていたし、兄弟仲は悪くなかったんだ」

目を細めて、思い出すような表情をして、殿下は昔話をした。

（そうだったのね。あるいはシュバルツ殿下が凡庸《ぼんよう》な方だったら、クラウス殿下も敵意を持たなかったかもしれない）

シュバルツ殿下の武人としての天賦の才。

それが殿下をカリスマにし、この国の希望の星とあがめられるようにした。

「俺はそれほど国王の座に興味はないが、これぱっかりは辞退も許されない。陛下の命令は絶対。だから兄上は俺の失敗を望んでいるんだ」

「失敗、と言いますと。それはつまり……」

「ああ、君が偽者だというシナリオさ。俺が偽聖女を招き入れて、休戦協定を結び、間抜けにも勝ち戦を不意にしたという失態。これは大きな減点になるだろう」

国のためではなく保身。

私を偽者だと決めつけていたわけではなく、それを望んでいるからこその行動だった。

（だとすると、怖いわね。クラウス殿下にとって私が偽者であれば、彼の望む結果となる。それならば、なんとしてでも偽者だという証拠を見つけようとするはず）

気を引き締めるだけじゃ足りない。

自分のためにも、故郷のためにも、そしてこれは私のエゴだけど……シュバルツ殿下のためにも、偽聖女だとバレないように警戒しなくては……。

「というわけで、俺と兄上はあまり良い関係ではない。君をそんな家庭の事情に巻き込んでしまい、大変申し訳なく思っているよ。改めて謝罪しよう」

兄弟の関係か……。

私は故郷の妹を思い出す。

（お父様から落ちこぼれだと蔑まれる前までは、私もあの子とは仲が良かったのよね。よく遊んでいたし）

圧倒的な魔法の才能を持つ妹。

逆に魔力を一切持っておらず、魔法の才覚に恵まれなかった私。

お父様が私たちの扱いを区別しだしてから、私たちの関係は変わった。

妹は私を憐れんで見るようになり、そのうち無関心になった。

私もそんな妹に合わせる顔がなく、ひっそりと古代魔法の訓練に勤しむようになる。

（少しだけ、似ているのかもしれない。私たちの関係と殿下たちの関係は）

「直せるのなら、今のうちに関係を修復されたほうが良いかもしれません」

「えっ？」

「あ、失礼いたしました。私も姉のミネアと折り合いが悪いので……殿下のお話が他人事に聞こえなかったものですから」

ついい、私は本音を口にしてしまう。

本当はこんな姉妹関係は嫌だった。

同じ日に生まれた双子なのに、どうしてこんなにも距離を開けなくてはならないのか。

聖女になったあの子に「おめでとう」と言ったことがある。

あの子は「ありがとう」と返した。

それが私たちが最後にまともに会話をした内容。

(そんなの寂しすぎるじゃない。ジル、あなたは私が身代わりになったことについて、本当はどう思っているの?)

「ふっ、そうか。……優しいんだな。君は」

あっ! 笑った。

シュバルツ殿下は嬉しそうな表情をすると、ティーカップに口をつける。

殿下とお話ししたのは数えるほどしかないが、なんとなく私は感じていた。

この方は誰よりも慈悲深い方なのだと。

「それは、俺がほしい言葉だったかもしれない。君の言うとおりだ。兄弟で骨肉の争いは避けなくては……」

満足げにうなずくと、殿下はそう口にした。

——自分のことを棚上げして、生意気なことを言ってしまった。

でも、殿下は私と違ってまだ兄であるクラウス殿下とお話しできる。

話ができれば、あるいは心が通じ合うかもしれない。

「ジル、今日はお茶に付き合ってくれてありがとう。また一緒にこうして過ごそう。どうやら俺は君とともにいる時間が好きみたいだ」

「――っ!?」

その眼差しを受けて、私の鼓動は加速する。

もちろん予言のおかげで殿下が優しくしてくれているのはわかっている。

(だけど、面と向かってこんなセリフを言われたら、びっくりするじゃない)

本心からの言葉だと信じたくなるような、透き通った声。

偽りとは無縁の凛々しい表情。

偽者の人質である私にはもったいない。

「あ、ありがとうございます。私も殿下とお話ししていると落ち着きます」

だからこそ、私はこれ以上の嘘は重ねたくない。

どこまでも偽善。

だとしても、それが私の本心。

「そうか。それは良かった」

「…………」

少しだけ冷めてしまったお茶を口にしながら、私は彼の微笑みに慣れるときを待っていた。

「シュバルツ殿下、ジル様に至急お話ししたく存じますが、よろしいでしょうか?」

テラスで雑談をして、しばらく経ったとき執事のアルベルトさんが話しかけてきた。

(アルベルトさんがこうやって話を遮るなんて珍しいわね)

ニーナさんも彼の後ろでこちらの様子を見ている。

――なにか、あったのだろうか？

「俺は構わないよ。なんなら席を外そうか？」

「いえ、とんでもございません。殿下にそこまでお手をわずらわせるなど、とてもとても」

立ち上がろうとしたシュバルツ殿下を慌てて止めるアルベルトさん。

「そうか。では、俺が聞いていても問題はない話というわけか」

「……もちろんです」

「アルベルトさん、それで話というのは？　随分とお急ぎのように見えましたが」

「おっと、これは失礼いたしました。話というのは、宮廷占い師……予言者イルフィード様が是非ともジル様にお会いしたいと仰っておりまして」

「よ、予言者、ですか？」

思いもしなかった言葉が出てきて、つい声が裏返ってしまった。

(予言者って、その。私が、いえ聖女ジルがシュバルツ殿下と結婚すれば国が繁栄するという予言をした方よね？)

この瞬間、私は背筋がゾッとする。

今まで私は自分が聖女であるという証拠として、力を見せていた。

だけど、予言者を相手にその理屈が通じるかといえば疑問である。

なにせ、見えない未来の事柄を言い当てられる能力を持っているのだ。

嘘偽りが通じる相手ではない可能性が高い。

「私も驚きました。イルフィード様とお会いできる人物は王族の他に有力な貴族たち数名のみ。この国に来られて日が浅いジル様とお会いしたいと望まれるとは」

「そ、それほどの方なんですね」

シュバルツ殿下から、予言者がどれほど皆から信頼されているのかは聴いていたけれど、軽々しくお会いできる人物ではないというのは初耳だ。

本来ならば大変な名誉なのかもしれない。

(これは断るなどできるはずがないわね)

それでも、やはり抵抗がある。

なぜなら、ここで嘘がバレたら私の人生はそこで終わり。

いや、私だけの犠牲で済むなら良い。

私が偽聖女だと知れれば、戦争が再び始まってしまい、さらにシュバルツ殿下にも恥をかかせてしまう。

「…………」

「ジル様、緊張されているのですか？」

上手い言葉が見つからず黙ってしまったら、アルベルトさんが心配そうな顔でこちらの表情をうかがう。

緊張していれば会わずに済む、という期待はしないほうが良さそう。

一体どうすれば――。

「俺も一緒に行こう。それなら君も安心できるだろ？」

「えっ？　で、殿下もついてきてくださるのですか？」

シュバルツ殿下としては親切で仰ってくださったのだろう。

それはよくわかる。彼が私に気を遣ってくれているのは痛いほど感じているから。

「イルフィードは怖い人間ではないが、畏怖されるほどの力を持っているのも事実。俺は何度もあの男と会っているし、俺が側にいれば話もしやすいはずだ」

「……そうですね。お願いします」

これはもう流れに身を任せるしかない。

今、予言者と会うのを無理に避けようとしたら、絶対におかしいと疑われる。

偽者だとバレる以前にそれは避けたい……。

「ジル様〜！　宮廷占い師様とお会いできるなんて、羨ましいです！　私、占い大好きなんですよ〜！」

「ニーナさん？」

「後でお話、聞かせてくださいね！」

無邪気に笑うメイドのニーナさん。

彼女は本心からそう言っているので、笑顔で返すしかない。

「ニーナ、あまりジル様を怖がらせるな。遊びに行くのではないのだから」

「わかっていますよ～！　ですから、緊張を解そうとしているんじゃありませんか～！」

「お二人とも、お気遣いありがとうございます。私は平気ですから」

精一杯の強がりとともに私は立ち上がる。

悩んでも仕方がない。

こうなったら、出たとこ勝負をしてやろう。

「少し顔色が良くなったみたいだ。……安心してくれ。イルフィードは穏やかな人間だよ」

「は、はい！　それを聞いて安心しました」

そうだ。予言者だからといって、ずっと占いを続けているわけではないはず。

会って他愛のない話をして、疑わしいことさえしなければ、なにごともなく終わるかもしれない。

「イルフィードはまず、兄上みたいに人を試すような真似はしない。そもそも、あの男にはその必要がないのだから」

「そ、そうですか」

（逆に怖すぎるんですけど……!!）

つまり、嘘とか駆け引きとか、そういうのは通じないという意味だよね。

うーん。これは、逃げ出したほうが正解だったかもしれない。

「イルフィードは、いつもの部屋にいるのかい？」

「はっ！　王宮の地下にある予言の間にいらっしゃいます！」

アルベルトさんが背筋をピンと伸ばしてシュバルツ殿下の問いに返事をする。

予言の間って怪しすぎる響きの部屋がこの王宮にあるなんて、知らなかった。

そんな部屋を用意するほど厚遇しているのか……。

「予言の間には特別な許可を得た人間しか入れないんですよ～！　掃除するのも貴族の偉い方なんですから！」

「えっ？　掃除も、ですか？」

「前にも話したが、この国にとって予言者は大きな影響力を持っている。平民だから疑うというのは些か品が良くないとは思うが、身元がはっきりした人間しか部屋に入れないという規則は予言者を守るために必要なんだ」

身元がはっきりしない人間って、そういう意味では私も該当するのでは……？

あ、だから、珍しいと驚かれたのか。

「予言者の言葉は時として国王陛下の御意よりも優先される。身分としては公爵相当。王宮の騎士団にも予言者の護衛専用の騎士たちがいる」

「す、すごいんですね」

「ああ、いろいろと特別待遇を受けているのは確かだ。だが、気にしなくていい。本当に気さくな良い奴なんだ」

「……あ、はい」

（ごめんなさい！　気にしないでいるのは無理です！）

お腹が痛くなるくらいの緊張をなんとか誤魔化しながら、笑顔を作る。

これから嘘偽りが通じない相手と対面するだけでも怖いのに、特別待遇を受けている公爵クラスの権力者だなんて。

でも、無理やりにでも平常心にならなくちゃ。

このままだと絶対に余計な話を口にして、ボロが出てしまう。

「さぁ、行こうか。予言の間はこっちだ」

シュバルツ殿下に案内され、私は王宮の地下にある予言の間とやらに足を運んだ。


「謁見の間へと続く廊下の壁に隠し扉があるなんて、知りませんでした」

「特に隠してないさ。この扉は王宮の者なら誰でも知っている」

隠し扉を開けた先に見えるのは地下へと続く階段。

薄暗くて、ほんの少し怖い雰囲気だ。

「足元に気をつけてくれ」

「は、はい。それでは、アルベルトさん、ニーナさん。行ってきます」

「は～い！　あとでお話お聞かせくださいっ！」

「いってらっしゃいませ」

なるべく平常心を保とうと意識しながら、足を前に進めた。

（この先に予言の間とやらがあるのかしら）

「ついたぞ。ちょっと待ってくれ」

傾斜の浅い階段を歩き続けて、一分もしないうちに私と殿下の前にまた扉が現れた。

冷たくて分厚い金属の扉は、物々しい装飾が施されている。

（ここに一人で入るのは勇気が必要だったわね）

殿下と一緒で良かった。

そんな安堵をしていると、殿下が扉をノックする。

「シュバルツだ！　聖女ジルの面会に俺も付き添わせてもらいたいのだが、よろしいか!?」

律儀に予言者イルフィードとやらに許可を取ろうとするシュバルツ殿下。

王族が、それだけ気を遣わなくてはならない人物なのかと思うと胃が痛くなる。

すでにクラウス殿下とやり取りしたときの数倍は緊張しており、心臓が口から出てきそうなくらい鼓動が速くなっていた。

「どうぞ、お入りください」

物々しい装飾の扉がゆっくりと開く。

この中が予言の間。

「行くぞ」

「はい」

シュバルツ殿下の少し後ろについて、私は部屋の中に入った。

この空間はなんだろう？

どこか荘厳な雰囲気があって、空気が違う。

天井には様々な魔法陣と思しき模様が描かれていて、壁際には本棚がズラッと並んでいる。

部屋は薄暗くて、ランタンの光がぼんやりと照らしているのみだ。

「イルフィード、久しいな」

「これはシュバルツ殿下。お忙しい中、お顔を見せてくださるなんて恐縮です」

高級そうなカーペットの上を歩きながら、私たちは椅子に腰掛けているフードを被った男性の前まで歩み寄る。

フードを被った男性はシュバルツ殿下が近付くのと同時に立ち上がり、頭を下げる。

どうやら彼が予言者イルフィードらしい。

「聖女ジル様ですね。不躾にも呼び付けてしまい、申し訳ありません」

その声とともにフードを取ると、そこには緋色と琥珀《オッドアイ》の瞳を持つ赤髪の青年がいた。

殿下の仰るとおり穏やかそうではあるが、どこか摑みどころのない神秘的な気配がする。

（彼が予言者だと言われれば、なにも知らなくてもうなずけるかもしれないわ）

「いえ、不躾だなんてとんでもございません。シュバルツ殿下よりお話をうかがっており、是非ともお会いしたく思っておりました」

「そうですか。私はてっきり怖がられているものだとばかり。この職業をしていると、得体が知れない人間と畏怖されてしまうものですから」

（うっ……さっそく見抜かれてる）

まさか挨拶で怖くて気乗りがしなかったなどと言えるはずもなく、なに気なく放った一言だった。

だが、イルフィードさんは私の本心をあっさりと見抜いてしまう。

「す、すみません。本当は少しだけ、いえ、かなり怖かったです」

「ははは、そんなにはっきりと仰らなくてもいいですよ。別にジル様が気を遣ってくださったのを咎《とが》めたわけではありません。面白い方だ」

早く謝ったほうが良いと正直に言ってしまったが、笑われてしまった私。

本当に面白がっているように見える。

ここでの態度の正解がさっそくわからなくなってしまった。

「イルフィード、勘弁してあげてくれ。ジルはこの国に来てまだ日が浅いんだ。不安になるほうが自然じゃないか」

「おっと、からかいすぎてしまったみたいですね。大変な失礼を。……確かに殿下の仰るとおり、ジル様は多くの不安を抱えていらっしゃるようです」

「――っ⁉」

ジッと真剣な表情で見つめられ、私は胸がなにかに貫かれたような錯覚をした。

イルフィードさんの言うとおり、いろいろな不安を私は抱えている。

その不安の中で一番大きいのはもちろん――。

（ジルの身代わりとして、この国にやってきたという事実だけはバレてはならない）

「ええーっと、あの」

「ああ、心配事を語る必要はないですよ。私は本物ですから。語らずして、すべてを見通せるのです」

「すべてを見通せる？」

しどろもどろになってしまっている私を制止するイルフィードさん。

彼が「本物」だと強調するのには、なにか意図があるのだろうか。

「ええ、偽者の占い師は話の中で悩み事を自ら語るように誘導したり、事前に調べたりします。私はこうして目を見るだけでその人の心が読めるのです。……調子が良ければ未来まで」

「す、すごいですね」

「ですから、ジル様についても全部わかっています。私の目はもうすでにあなたのすべてを見通しているんですよ」

「――っ⁉」

も、もうダメかもしれない。

甘く見ていた。

予言者といっても、見ただけで全部わかってしまうだなんて、考えていなかったから。

（ど、どうしよう。ここでシュバルツ殿下に偽者だと暴露されたら……）

「大丈夫です。ジル様とシュバルツ殿下はお似合いですよ。殿下、こちらのジル様と早く結婚されるとよろしいかと。さすればベルゼイラ王国の繁栄は約束されるでしょう」

「へっ？」

これはどういう展開なのかしら？

だって、この方は本物の予言者で私のすべてを見通せると言っていた。

となると、当然私が偽聖女だと見抜いているものかと思っていたんだけど——。

「そうか！　イルフィードのお墨付きがあれば安心だ。俺はジルの力を目の当たりにして、彼女ならこの国を良い方向へと導いてくれると信じていたが、お前がそう言ってくれると兄上も簡単に口を挟めなくなるだろう」

嬉しそうな顔をして、シュバルツ殿下はこちらに顔を向ける。

（助かったと思って良いのかしら？　良いのよね。……でも、どこか腑に落ちないわ）

ここでイルフィードさんに偽聖女だと糾弾《きゅうだん》されたら、そこで私の命運は尽きたと言っても過言ではない。

だから、彼にお墨付きをいただいたという事実はありがたいんだけど……あれだけすべてを見通せると主張したのはなんだったのかと疑問に思ってしまう。

「んっ？　ジル様、どうかされましたか？」

「い、いいえ、なんでもありません」

「おや、そうですか。どうも、腑に落ちないとお考えのようで、疑問があるならなんでも聞いてくださいね。私がジル様を呼び付けたのですから。それくらいはサービスして答えて差し上げますよ」

　また心の中を読まれたような、変な感覚。

　私の顔色からすべてを読んで、推測しているのか。

　それとも、本当に心を見通すという能力があるのか。

（心の中が読めるならば、私が身代わりでこの国に来ていると言及しないのは変よね）

　ならば、やはりこの人の力は偽物――。

「本物、ですよ。ジル様のすべてを私は見通して理解しています。ですが、人には言われたくない私的なお話もあるでしょう？　それに言及するほど私は無粋ではないのですよ」

「――っ⁉」

　またもや、私の思考を読まれてしまった。

　イルフィードさんが口にした「私的なお話」ってまさか。

　どうしよう。こんなにも得体の知れない人は初めてだ。

　なにを言っても、なにも言わなくても、ドツボにはまりそうで怖い。

「んっ？　イルフィード、それはどういう意味だ？　ジルがなにか悩みを抱えていると言っていたが、それと関係しているのか？」

「シュバルツ殿下？」

　一歩前に出て、シュバルツ殿下はイルフィードさんの言葉について質問をする。

なんということだ。

せっかくなにごともなく終わるところだったのに、私が変に勘ぐったせいで殿下に心配させてしまった。

「んー、関係あるといえば関係ありますね。ですが、ジル様は年頃の女性。悩みをすべて知られるのは精神衛生上良くありません。殿下が話せと言えば従わざるを得ませんが、どうか彼女を大切になさってください」

「えっ……?」

本当にこの人がわからない。

一体、私をどうしたいというのだ。

全部知っている上でこちらを観察しているのか、それとも……。

「そうか。これは俺の不徳の致すところだった。誰にだって言いたくない悩みの一つや二つはあるに決まっている。無理に聞くのは紳士の成すべき行動ではないよな」

イルフィードさんの言葉に対して、納得したようにうなずく殿下。

なんというか、あのシュバルツ殿下を言葉巧みに上手く操ったようにも見えるが、助かった。

(どういう力なのか全然わからないけど、この人が見通す力を持っているのは本当なのかもしれないわね)

「ふふ、かもしれない、ではなく本物ですよ」

「――っ!? は、はい! 失礼をいたしました!」

やっぱり魔法じゃない。

魔法なら微かでも魔力の波動を空気を介して感じられるはずだ。

でも、イルフィードさんにはまったく魔力の気配がなかった。

魔法ではない不思議な力。そんなものがこの世にあるなんて……。

「楽しみにしていますよ。シュバルツ殿下、あなたがジル様と結婚してどのような国を作るのか」

「おいおい、俺が王になるとはまだ決まっていないぞ。……それともそう予言に出ているのか？」

「いいえ、残念ながらそこまでは予知できておりません。できていましたら、とっくに陛下に伝えておりますゆえ」

不敵な笑みを浮かべながら、イルフィードさんは天を仰ぐ。

そのとき、キラキラとした光が地下であるこの部屋に降り注いできた。

「ふむ。なるほど、なるほど。視えました……」

彼の手のひらに集まったのは七色の光の珠。

まるで宝玉のような光をジッと見つめて、イルフィードさんは満足そうにうなずく。

「未来が視えたのか？」

「ええ、せっかくお二人がいらしてくれましたので占ってみたのですが……運良くこうして私のもとにシュバルツ様とジル様の輝かしい未来が降ってきました」

（未来予知って、こんな感じなの？）

地下に光が降り注ぐ奇跡。おそらくこれも魔法ではない。

イルフィードさんの力の根源は魔力ではないなにか、だ。

私とシュバルツ様の未来が視えたと言っていたが、それは私とシュバルツ様の未来なのか。

まさか本物のジルと――。

「ご安心ください。あなたとシュバルツ殿下の未来は、それはもう安泰ですよ」

「本当か⁉」

シュバルツ殿下は嬉しそうな顔をして、こちらを見る。

（今、イルフィードさん。私を初めて「あなた」と呼んだような……それってやっぱり私の正体を知っているからなの？）

ここまで心の中を読まれているのだから、とっくにバレていても不思議じゃない。

ならば、やはり知っている上で黙っているんだ。

「ジル？　どうしたんだ？　ああ、俺と早く結婚しなくてはならないと焦らせてしまったか。

……心配せずとも急かすつもりはない。安心してくれ」

「えっ？　あ、はい。お気遣いありがとうございます」

私が黙り込んでいたから、シュバルツ殿下に心配させてしまった。

やはり、この方は良い人だ。

だからこそ、心苦しい。私が偽りの聖女だということが。

だが、バレたら何人が犠牲になるかわからない。

私には隠し通す義務がある。

（でも、イルフィードさんにはバレている可能性が高いのよね）

視線を彼に向けると、彼は相変わらずニコニコと笑みを浮かべていた。

「ジル様、なにかございましたか？」

「いえ、なんでもありません」

知っているのなら、黙っている理由がわからない。

（もちろん、黙っていてくれて助かっているんだけど。彼は味方なの？　それとも――）

「私はあなたの味方ですよ」

「えっ？」

ゆっくりと私に近付いて耳打ちをするイルフィードさん。

また、心を読まれてしまったのか。

「それだけは間違いないので、ご安心を」

最後にそんな言葉をかけられて、私はシュバルツ殿下とともに予言の間を後にした。

宮廷占い師イルフィード――彼は確かに本物の予言者だと信じられる風格があった。

◆

「ジル様～！　イルフィード様はどんな方でしたか⁉」

「ニーナさん……そ、そうですね。すごい方でしたよ」

予言の間から出て、階段を登って王宮の廊下に出ると、ニーナさんとアルベルトさんが待ってくれていた。

「すごい方って、具体的にはどんな感じでしたか⁉」

「具体的に、ですか？　えぇーっと、具体的にってどう言えばいいのか……」

目をキラキラと輝かせて、質問するニーナさんになんとか答えようと頭の中を回転させるが、なんと形容して良いのかわからない。

（でも、あんな迫力のある人は初めて見たわ）

「ニーナ、あまりジル様を質問攻めにして困らせないようにしなさい。……お疲れ様でございます。屋敷で夕食までの間、お休みになられるとよろしいでしょう」

「まだ昼間ですよ。休むにしては早すぎるような気がします。それに――」

アルベルトさんの言葉を受けて、私はシュバルツ殿下の顔をうかがう。

すると彼はうなずき、口を開いた。

「俺なら気にしなくていい。イルフィードの前に兄上とも話をしたんだ。アルベルトの言うとおり、休んだほうが良いだろう」

「シュバルツ殿下まで……。お気遣いありがとうございます。でしたら、お言葉に甘えさせていただきますね」

殿下に声をかけてもらった瞬間、ドッと疲れが押し寄せてきたような気がした。

イルフィードさんはもちろん、クラウス殿下も強烈な印象だったな。

人質とは思えないほど優雅で、厚遇してもらっているから文句は言えないけど、今日はいろいろとスリリングな日だった。

「ではでは～、ご夕食は美味しいものにいたしましょう！」

「いつも美味しいですよ、ニーナさん」

「ジル様～！　優しすぎます！」

ニーナさんに手を引かれ、私は王宮の廊下を歩き出す。

「ジル！」

「――っ!?」

そのとき、私はシュバルツ殿下に呼び止められた。

（なにか忘れ物でもしてしまったかしら？）

彼の声に呼応して振り返ると、シュバルツ殿下は一歩前に踏み出す。

「どうかされましたか？　殿下」

「呼び止めて、すまない。……大した話ではないんだが、今日は少ししか二人きりで話ができなかったからな」

「そ、そうですね」

イルフィードさんからの呼び出しは私にとって想定外。

それ以前に、シュバルツ殿下と雑談していたのも予定外だったのだが……。

「君さえ良ければ、また二人でゆっくり話をしたい。ジルのことを、もっと知りたいんだ」

「二人で……？　あ、はい！　よろこんでご一緒させていただきますね！」

急に話しかけるから、なにか深刻なお話かと思っていたけど安心した。

なんだ、二人きりで話をしたいだけだったか。

さっきまでクラウス殿下やイルフィードさんに散々驚かされていたから、変に構えてしまっていた。

（んっ？　二人きりで話って、それってつまり――）

「ああ、良かった。また俺とデートしてくれるんだな」

「ええっ!?　あ、いえ、そ、そうなりますよね！　はい！　よろこんで！」

目の前にいる方はこの国の第二王子で、予言によって私と結婚すれば国が繁栄すると信じており、でもだからといって結婚を焦らせるような行動はしなくて……。

それでも、殿下は私に歩み寄って、気持ちを向けさせようとしてくれている。

（予言のためとはいえ、なんてひたむきな方なのかしら）

「正直言って、イルフィードが君についてなんでも知っていると言ったとき……少し悔しくて」

「へっ？」

「いや、なんでもない。……足止めをしてすまなかった。ゆっくり休んでくれ」

今、シュバルツ殿下が少し寂しそうな顔をされたような……。

手を振り、踵を返した殿下の背中を眺めながら、私は胸が熱くなるのを感じた。

「ジル様？　そろそろ屋敷へ参りませんかな？」

「はっ！　アルベルトさん？　す、すみません。ボーっとしてしまって。行きましょう」

シュバルツ殿下の背中が小さくなるまで突っ立っていたら、アルベルトさんに心配されてしまった。

（どうしよう。すっごく恥ずかしい）

「もう！　アルベルトさんはデリカシーがなさすぎますよ～！　ジル様はシュバルツ殿下に見惚れていただけなんですから！　心配しなくて大丈夫なんです！」

「おっと、これは失礼をいたしました。このアルベルト、一生の不覚」

「ふ、二人とも！　止めてください！」

ニーナさんもアルベルトさんも、なにを言っているのか。

シュバルツ殿下は素敵な人だけど、だからといって私の立場的にあの方を好きになんて……。

（でも、このままだと私は殿下と結婚する予定になっているのよね）

そこまで深く考えていなかったが、私はどういう気持ちになればいいのだろう。

「帰りますよ。もう、頭の中がごちゃごちゃです」

「あ、待ってくださ～い！」

様々なことが起きて、気分が落ち着かない中……最後にシュバルツ殿下にトドメを刺された。

一旦、頭の中をリセットしよう。

城門を出て、馬車に乗り、私は屋敷へと戻った。

「んっ？　玄関の前に誰かいますね」

馬車が屋敷の前に停まったとき、一人の男性の姿が目に入った。

あの方、どこかで見たような気がする。

「彼は外交担当の役人ですな」

「ああ、だから見覚えがあったのですね。この国に入国したとき、関所にいたような気がします」

でも、外交担当の役人がどうしてここに……？

(普通に考えたら私の様子を見にきた、とか。そういう理由かしら)

「あの～！　役人さんですよね～!?　どういうご用件でしょうか～!?」

ニーナさんがいち早く、玄関前へと足を進めて彼に質問をする。

「聖女ジルに付いているメイドか。クラウス殿下に挨拶するだけのはずなのに随分と時間がかかったんだな」

役人は彼女を一瞥すると、高圧的な口調でそう言い放った。

(嫌味というか、棘《とげ》のある言い方をするわね)

「ジル様はイルフィード様ともお会いしていたんですよ。仮にそのような用事がなくともジル様がいつ屋敷に戻っても問題ないと思いますが」

「アルベルトか。ふんっ、元王宮所属の騎士だったくせにわからんのか？　人質風情が王宮に長居してよいはずがなかろう。王宮の品位が問われるゆえに、な」

アルベルトさんが役人を諌めようとしたが、彼は鼻で笑いながらこちらを睨みつける。

どうやら、彼は私をあまり良く思っていないらしい。

「残念ながらわかりませんね。ジル様はシュバルツ殿下の婚約者候補。あなたが王宮の品位を問うのであれば、シュバルツ殿下に対して品位を問うているのと同義になるかと」

「ぬぅ……！　詭弁を述べるな！　この女はまだシュバルツ殿下の婚約者ではない！　あくまでも人質だ！　それにクラウス殿下は本物の聖女ではないと疑っておる！」

役人はアルベルトさんの言葉に怒りをあらわにした。

私を歓迎していない者がいるというのは不思議ではないが、ここまで不快に思っている理由はなんだろう。

「ジル・アウルメナスを自称する人質よ。貴様、どんな手を使った？」

「どんな手を？　どういう意味ですか？」

「とぼけるな！　魔力があると見せかける方法を問うておるのだ！　クラウス殿下が差し向けた矢を弾いた方法を言え！」

よくわからないが、この人は私が偽者だと決めつけているようだ。

クラウス殿下も似た感じだったが、こちらの役人はもっと真に迫っている気がする……。

(正解なんだけど、その根拠を述べないのは変よね)

「魔力で簡易的な結界を作り、身にまといました。このような感じです」

論より証拠。百聞は一見に如かず。

私は精霊術で魔力を吸収して、先ほどと同様の結界を作った。

「そこの石を投げてみてください」

「はぁ？　悪いが私はあなたがシュバルツ殿下の寵愛《ちょうあい》を受けているからと言って、遠慮はしないぞ」

庭に落ちている手のひらに収まる大きさの石を拾った役人は、残忍な笑みを浮かべる。

そして彼はその石を思いきりこちらに投げつけた。

(ちょっとは遠慮してほしいものね)

普通は人に物を投げるとき、自然と加減するものであるが——。

「な、なんだ？　い、石が砕けて……」

投げつけられた石には亀裂が入り、細かく砕けてしまった。

地面に落ちた石の状態を確認すると、彼が力いっぱい私にそれを投げつけたという事実がわかる。

石がこんなふうに砕けてしまったのは、魔力の壁にそれだけ強い力で衝突したからだ。

「これで満足いただけたでしょうか？　私は私自身の力を使って、窮地を脱しました。種も仕掛けもありません」

両手を広げて、私はなにも小細工はしていないと主張する。

「くっ……そんなわけあるまい。そんなわけ……はっ！　ま、まさか、あいつが裏切ったのか？」

「あいつ？　なにを仰っているのですか？」

「ええい！　うるさい！　こうしちゃおれん！　このままでは私の立場が！　クラウス殿下に私は――」

急に顔を青くして、焦りだした役人は、走って屋敷を出ていく。

どうして彼は慌てているのか、まったく見当がつかない。

ただ一つ言えるのは大きな悪意が私に向いている。その事実だけだ。

（あの焦り方、尋常じゃなかったわ。まるで私が本物の聖女ならば不都合とでも言わんばかりの態度に見えた）

「ぶぅ～！　失礼な役人さんでしたね！　ジル様、早くお部屋に行ってお休みくださ～い！」

「えっ？　あ、そうですね。忘れていました」

いろいろな出来事があったから休むために帰宅したのに……最後の最後であの役人の騒動。

今日は本当に騒がしい一日だったな……。

これまでが平穏すぎた、というべきか。

「……ジル様、あの役人は第一王子の派閥に属する貴族の次男だったと記憶しています。クラウス殿下の動き、注意するようにとシュバルツ殿下にお伝えしておきますゆえ、ご安心ください」

「第一王子の派閥、ですか」

アルベルトさんの言葉で、なんとなく彼の態度の理由も想像できた。

つまり、シュバルツ殿下がこれ以上の功績を手にすると、第一王子に付いている貴族や役人は面白くないのだ。

(思った以上に厄介かもしれないわね。私が本物偽者関係なく、派閥争いに巻き込まれていたのだから)

これは先が思いやられるかもしれない。

とにかく今日はゆっくりと休もう。

「ジル様！　待っていてくださいね～！　腕によりをかけて、ごちそう作りますから！」

「大丈夫ですよ、ジル様。我らはジル様が優雅にのんびりと暮らせるようにとシュバルツ殿下から仰せつかっていますから。万事、お任せください」

私を心配してくれてなのか、ニーナさんもアルベルトさんも、明るく微笑みかけてくれた。

(そうよね。二人がいてくれるし、大丈夫)

「ありがとうございます。お二人のおかげで楽になりました」

「わ～い！　ジル様に褒められちゃいました！」

「恐縮です」

今日は背筋が寒くなる思いをしたけれど、毎日が明るい。

実家にいた頃はまるで心の温もりなど感じられなかった私だけど、この国に来て周囲の人と交流するようになってからというもの、胸の温かさを実感することが多くなった。

(必ず生き残ってみせるわ。そして、故郷も守る)

屋敷に入って、自分の部屋のベッドの上で横になった私は、決意を新たに目を閉じる。

（ジル、あなただったらどうする？　強気なあなたなら、こんな状況は簡単に弾き返すのでしょうね）

まどろみの中で、脳裏に浮かんだのは他でもない。

私と瓜二つの妹の姿であった――。

【閑話】真相究明（ジル視点）

はぁ、イライラするわね。

私が長い間、姉さんを誤解していたのかもしれないのは事実。

才能がなくて卑屈になっていくミネア姉さんは、私を避けているのかと思っていた。

だから、段々と私もそんな姉さんに腹が立ってきて話さなくなったんだけど……。

避けていたんじゃなくて、もがいていたっていうの？

まったく……陰で努力しているなら、しているって言いなさいよ。

（隠していたらわからないじゃない……!!）

いや、言いたくとも言い出せる雰囲気じゃないか。

お父様のことだ。ミネア姉さんが古代魔術の特訓などしていると聞けば、「アウルメナスの落ちこぼれが恥を上塗りするような真似をするな」と有無を言わせずにやめさせるだろう。

「ジル、最近どうした？　そんなに不機嫌そうな顔をして、食事をするな。料理が不味くなる」

「お父様、私はミネアです。……誰が聞き耳を立てているかわかりませんので、軽率にその名前で呼ばないでください」

「ぬぅ……それはお前の言うとおり。だが、やはり変だぞ。このところ、なにかあったのか？」

まったく、誰のせいで不機嫌になっていると思っているのですか。

そもそも、あなたがミネア姉さんの教育を放棄したから――いえ、私にも非があるかもしれないわね。

そして、口下手なミネア姉さん自身にも。

（だとしても、気に食わないものは気に食わない。お父様もミネア姉さんも、なにもかもに腹が立つわ）

「別に……なんでもないですよ。ジルがあちらの国で上手くやれているのか気になっているだけです」

「はぁ？　なんだ、そんな話か。見た目は一緒なんだ。黙っていれば、バレないだろ。軟禁されて誰とも接する機会などないに決まっているのだから」

「だといいけど」

黙っていればバレない。

本当にそうかしら。

よくよく考えてみれば、そんな保証は一つもないではないか。

（ベルゼイラ王国が、人質が本物か偽者か確かめるとしたら……力がどれくらいあるかを確認するはずよね）

古代魔術に関する知識は私にはないけれど、姉さんの力は私に匹敵。

いや、単純な魔力の放出量だけなら私よりも大きいかもしれない。

「あんな落ちこぼれを気にする必要はない。お前も聖女としての務めが果たせぬからストレスを感じてるのかもしれんが、そのうちミネアとして聖女試験に合格させてやる」

「当たり前です。いつまでもこの私の力を遊ばせておくなど、愚の骨頂なんですから」

「ぬぅ……」

いずれ落ちこぼれ扱いしていたミネアの魔力が突然向上したとかなんとか理由をつけて、私を聖女に復帰させるつもりなのはわかっていた。

姉さんを身代わりにして、すぐにミネアとして私が聖女に返り咲けば露骨すぎるから、間をおくのも当然の配慮。

少し待てば、私の生活は元に戻る。

そこにミネア姉さんがいないけど……それでも私は聖女として再び活動できるのだ。

「旦那様、ウェルナー様が至急お話があると来られましたが。いかがなさいますか？」

「んっ？　ウェルナー殿が？　わかった。応対しよう。応接室に通しなさい」

ウェルナーって、確か外交を担当している役人よね。

ミネア姉さんを身代わりにすることを提案した人だわ……。

(そんな人がお父様になんの用事？　まさか、姉さんになにかあったんじゃ！)

「お父様、私も話を聞くわ」

「あ、お嬢様。ウェルナー様は旦那様と二人きりで話がしたいと仰っていました」

はぁ？　二人で内緒話ですって……？

というか、私に聞かれてはまずい話ってなんなのよ。

「ジル、お前はここにいなさい」

「はぁ……呼び方。何度注意すればいいのですか？」

「うぐっ、とにかくウェルナー殿の応対をしてくる。お前は余計な真似はせんでいいからな」

本当に大丈夫かしら。

お父様はあれで、結構脇が甘いから。

まぁ、いいわ。風魔法を応用すれば、隣の部屋の会話くらい聞けるのよ。

聖女の力を舐めないでもらいたいものね。


「アウルメナス伯爵。いきなり押しかけてすまない」

「前置きはいい。なにか、あったのか？」

よく聞こえるわ。

応接室にいる、お父様とウェルナーの会話。

彼の話し方から察するに、なにか焦っているみたいね。

「率直に聞く。ベルゼイラに送った聖女は、本当にミネアなのか？　アウルメナス伯爵」

「なにを急に言っているのだ？　そうするように提案したのはあなたではないか」

「だが、私にはあの二人が入れ替わってもわからん。見分けがつかんのだ」

どうやら私が本当にベルゼイラ王国に行ってしまったのではないか、と心配しているようね。

ここに残っているのは、本当はミネアで……。

ややこしいけど、身代わりを送るのを止めちゃったんじゃないかと疑っているのか。

「言っている意味はわかったが、質問の意図が理解できませんな。……まぁいい。ワシがジルを手放すと思っているのか？　あの子はアウルメナス家の至宝だぞ」

まぁ、お父様が私を手放すなんてあり得ないけどね。

この人が手塩にかけて育て上げたアウルメナス家の歴史上、最高傑作の魔術師がこの私。人質などにするはずがない。

「ほ、本当だな？　伯爵のその言葉、信じるぞ」

「二言はない。これで満足したか？」

「い、いや、できれば証拠がほしい」

「はぁ？」

それでもまだ疑うウェルナー。

お父様も呆れた声を出している。

「伯爵の考えはわかった。伯爵がジルを手放さないと考えているのは本当だろう。だが、ジル自身はどうなのかわからん。もしかしたら、姉が身代わりになるのを不憫に思い、土壇場でそれを止めたのかもしれぬ」

気持ち悪いストーリーね。

どうして私がミネア姉さんを庇わなくちゃいけないのよ。

でも、それを今さら疑っているということは、さてはベルゼイラ王国でなにかあったわね。

「そんなもの、力を見せれば一発でしょう。ジルを呼んで魔法でも披露させましょうか？」

「いや、魔法を使えるかどうかでは判別できない。なにせ、向こうに送り込んだ偽者もまた高度な魔法を使いこなしているらしいからな」

「ミネアが魔法を？　はっはっはっ！　バカバカしい！　それはあり得んでしょう！」

「あり得たから困ってるんだ！」

困っている？

随分とこの男は変な言い回しをするのね。

本来、魔法が使えないミネア姉さんが向こうの国で魔法を披露しろと言われ、嘘がバレてしまうのが最悪のシナリオでしょう。

まるでミネア姉さんが窮地を脱しては不都合だと言わんばかりの態度。

やはり、気になるわね……。

「なんかこう！　魔力以外でないのか？　瓜二つの双子を見分ける方法が！　親ならそれくらい知っているだろう！」

「むぅ、あるにはあるが。それを聞いてどうするつもりかな？」

「そ、それは……万が一のとき、誤魔化す方法を考える身としては、共有しておいたほうが良い情報だろ。すでにミネアの魔力まで確かめられているんだからな」

このあたりは一応は筋が通っている。

ミネア姉さんの魔力について、すぐに調べられたという見通しの甘さを反省しない点については、どうかしているけど。

「ふむ、なるほど。……本物のジルにはうなじの部分に星型の小さな痣《あざ》があってな。今は髪に隠れて見えんが、赤ん坊のときはそこを見て見分けていた」

「うなじに、星型の痣だな！　恩に着るぞ、アウルメナス伯爵！　では、私はこれで失礼する！」

嬉しそうな声を上げて、お茶も飲まずにウェルナーは退出していった。

やっぱり、この男は怪しいわ。

別にミネア姉さんがどうなっても、知らないけど……ちょっと探ろうかしら。

◆

「ったく、ミネア・アウルメナスが魔法など使ったから、この私がどれだけ苦労を！」

「ウェルナー殿、それでなにかわかったのですか？　ミネアとジルを見分ける方法は」

王都の商店街の路地裏で、ウェルナーと知らない男がなにやらコソコソ話している。

私は尾行して、風魔法を応用して、常人では聞き取れない距離から彼らの会話を聞いていた。

「見分ける方法は、わかった。今度こそ言い逃れできぬ方法だ」

「お見事です。クラウス殿下もお喜びになるでしょう」

クラウス殿下って……ベルゼイラ王国の第一王子の名前じゃない。

なんで、私とジルを見分ける方法が知れれば、第一王子が喜ぶのよ⁉

さっきからずっと不可解だったけど、ここにきて、さらにきな臭くなってきたわ。

「うむ。上手くこの情報を利用すれば、ジルをベルゼイラに呼び寄せて休戦条約を結ばせたシュバルツ殿下の面子を潰せるはずだ」

「ええ、ええ。そのとおりでございます。……クラウス殿下、お怒りでしたからねぇ。身代わりの偽聖女だと聞いていたのに、すさまじい魔力を発揮したようで」

「そ、それについては、こちらに落ち度はないぞ。知らなかったのだ。ミネア・アウルメナスは魔力を持たぬ落ちこぼれと聞いていたからな」

こ、これって、まさか。

ウェルナーがこの国を裏切って、ベルゼイラ王国についているってこと？

この人が身代わりを提案したのは、偽聖女だとバレてしまうのが前提で、休戦に積極的だった第二王子のシュバルツ殿下の名誉を傷つけるため。

ベルゼイラ王国は必ずしも王位を第一王子が継ぐと決まっているわけではないと聞いている。戦争で英雄となり、人気も高い弟が王位継承の筆頭となるのを恐れて、第一王子が彼の評価を下げるために工作した。

（そう考えると、すべての辻褄《つじつま》が合うわね）

まったく第一王子も器が小さいというか、なんというか。

力がないなら努力しなさいよ……！

「シュバルツ殿下と偽者のジル・アウルメナスは近々結婚式を挙げるでしょう。そうなるように手はずは整えてございます」

「なるほど。そこで偽聖女だと告発をすれば……！」

「シュバルツ殿下は大きな恥をかくでしょうな」

ミネアとシュバルツ殿下が結婚式ですって？

どうしてまた、そんな訳のわからない展開になっているの？

意味がわからない。意味がわからないけど、この国は今、再び戦渦に巻き込まれるかもしれない窮地にあるってわけね。

「計画が成功した暁《あかつき》には約束は守ってもらうぞ」

「もちろんですとも。ウェルナー殿にはベルゼイラ王国の重鎮の地位を献上いたしますゆえ。クラウス殿下もそう約束しております」

ウェルナー、あなたが売国奴だということはよくわかったわ。

クラウス殿下もどうやら私の大嫌いな人種みたい。

ミネア姉さん……あなたを努力を諦めた卑屈な姉だと、勝手に見損なっていた。

そんな姉だから、私の人質になってベルゼイラに行ってもらったわけだけど。

（その借りくらいは返してあげなきゃならないわよね）

私は拳を握りしめて、そう誓った。

第四章　人質から婚約者へ

不穏な空気が流れたあの日。

クラウス殿下やイルフィードさんとお話をして、外交担当の役人に悪態をつかれた日から、およそ一ヶ月が過ぎた。

「ここで修行をするのも慣れてきたわね」

時刻は早朝。まだ日が昇ったばかりで、涼やかな風が吹く屋敷の外庭で……私は日課であるマナを大気中からスムーズに取り入れる修行をしていた。

（いつまた本当の聖女であるかどうか試されるかわからないと、構えて暮らしていたけれど、特になにもなかったわ）

イルフィードさんはともかくとして、クラウス殿下やあの役人は私を偽聖女だと疑っている。

いや、あれは疑っているというよりも、決めつけていると言ったほうが正しい。

ミネアは魔力が使えない落ちこぼれ、という前提が周知されていたのも幸運だった。

精霊術を使って魔法を見せたおかげで、私がジルだとなんとか証明できたからだ。

（とはいえ、またなにを言い出すのかわからないから引き続き注意しなきゃ）

屋敷の外庭で瞑想《めいそう》しながら、気を引き締めていた。

「ジル様～！　大変です！　大変で～す！」

ニーナさんのよく通る元気な声が聞こえる。

それと同時に足音も二つ。

一つは彼女がこちらに駆け寄る足音だ。そして、もう一つは――。

「修行中、だったかな？　邪魔をしてすまない」

「シュバルツ殿下？　どうしてまた、殿下がこちらに？」

目を開けると、そこにはシュバルツ殿下が立っていた。

手には大きな花束を持っており、その表情は硬く、なにかを決意しているかのように見える。

この一ヶ月の中でも数回、殿下とはお会いしてお話ししているが、このような表情は一度も見たことがない。

（前にデートに行こうと誘われたけど、そんな雰囲気でもないわね）

「昼食がまだなら一緒にどうだい？　いい店を貸し切りにしたんだ」

「み、店を貸し切りですか？」

「んっ？　ああ、今日は静かなところで君と話をしたくてね。嫌かな？」

「えっ？　け、決して嫌では――是非、ご一緒させてください」

お店を貸し切ったと聞かされては、断ることなどできるはずがない。

いや、そもそもシュバルツ殿下の誘いを断りはしないのだが。

（店を貸し切りにするなんて、さすが王子様ね。でも、意外だわ）

今まで殿下は王子にもかかわらず、小さなことでも私の意志を尊重してくれていた。

そういう方なので、本来シュバルツ殿下は、デートだからといってお店を貸し切るようなタイプではないはずなのだ。

だから、この誘いの意味がなんなのか……それが最初に気になってしまったのである。

「良かった。外に馬車を用意しているから、準備してくれ」

「は、はい！　恐縮ですが、お待たせすることになってしまうかと……」

「俺が事前に連絡もなくここに来たのが悪いんだ。いくらでも待つよ」

手渡された花束をアルベルトさんに渡し、ニーナさんに急いで着替えを手伝ってもらった。

着替えが終わったとき、ようやく状況が飲み込めて緊張してきた。

シュバルツ殿下とのお食事。絶対に粗相だけはしないように気を付けねば……。


「お待たせしました。シュバルツ殿下」

応接室で待っていてくれた殿下に声をかけると、シュバルツ殿下は微笑み立ち上がった。

「……君の美しい姿を見られるのならば、そのための時間は待ったうちに入らないさ」

「まぁ、殿下はお世辞がお上手ですね」

「俺は率直な意見しか言っていない。世辞は苦手なんだ」

「そ、そうですか」

殿下が顔色一つ変えずにそんなことを言うものだから、思わず目をそらしてしまう。

確かに硬派なイメージがあるシュバルツ殿下だが、それが一層私の胸を高鳴らせるのだ。

「じゃあ、行こうか。ジル」

「あ、はい。承知いたしました」

差し出された手を握り、私は殿下にエスコートされるがままに馬車に乗り込む。

シュバルツ殿下が私の隣に座り、馬車は出発した。


「店を貸し切るならば、本当は君の好きな食べ物を聞いてからにしたかったんだが」

「お気遣いありがとうございます。……でも、私はベルゼイラのお料理好きですよ。毎日、美味しくいただいているので、太ってしまいやしないかと、それだけが心配です」

律儀《りちぎ》な方だと感心した。

王子という身分なのだから、人質風情の私の好みなど気にしなくて然るべきなのに。

(でも、素直に嬉しいわ。シュバルツ殿下が気遣ってくれて)

「体重が増えたくらいでは君の魅力は一縷《いちる》も変わらないと思うけど」

「——っ!? あ、ありがとうございます。でも、気にしてしまうんですよね」

(やっぱり、シュバルツ殿下はどこか浮世離れしているかも)

真面目な顔をして「君の魅力」などと口にする殿下に、思わず苦笑してしまう私。

でも、本当は私の好きな食べ物を聞いてから……という部分は少しだけ気になる。

まるで、急遽《きゅうきょ》この日に私と食事をしなければならない理由ができたみたいだ。

「どうしたんだ? そんなに太ることを気にしているのなら、君の食事は少なめにしたほうが良いか？」

「へっ？　い、いえ！　そこまでしていただかなくても大丈夫です！　すみません。つい、ボーっとしてしまいました」

心配そうな表情でこちらを見つめられて、私は慌てて首を横に振る。

これでは、私があまりにも体重を気にしすぎて落ち込んでいるみたいではないか。

（考えすぎよね。今までいろいろとありすぎて、変に勘ぐってしまっているのかもしれないわ）

「そうか。……それならいい。なにかあれば遠慮なく言ってくれ」

「承知いたしました。その際は必ず。お気遣いいただき、ありがとうございます」

優しい言葉をかけてくれた殿下に、私は頭を下げる。

どう考えてもシュバルツ殿下との食事中になにか文句をつけるなど、考えられないのだが……。

そんな会話をしているうちに、馬車は王都の一角にあるお店に到着した。


「ここは、ベルゼイラの老舗で修業を積んだ若手の料理人がシェフをやっている店でね。新しい店だが、評判は王都でも随一なんだ」

「へぇ～、立派なお店ですね」

（そんな人気のお店を貸し切りだなんて、恐縮してしまうわ）

馬車から降りた私たちはお店の中へと足を運ぶ。

清潔で美しい彫刻や絵画が飾られている店内は、静かで上品な雰囲気だった。

「シュバルツ殿下、聖女ジル様。本日はようこそおいでくださいました。最高の皿で、おもてなしをさせていただきますので、我が店の自慢の品をどうかご賞味くださいませ」

個室で殿下と対面で座ると、端整な顔立ちをした黒髪の青年が挨拶にやってきて、うやうやしく頭を下げる。

彼が老舗で修業したという若手の料理人か。

年齢は私とそれほど変わらないように見えるが、こんなに大きなお店を営んでいるとは立派な方である。

「いつものワインも頼む。ジルはなにか飲みたいものはあるか？　一応、今日のメインは肉料理を頼んでいるんだが」

「私もシュバルツ殿下と同じものでお願いします」

「かしこまりました」

シュバルツ殿下が慣れた口調で注文を済ませると、まずは前菜のサラダとワインが運ばれてくる。

（ベルゼイラのコース料理は以前二人でデートに行ったとき以来ね）

この国に来てまだそれほど日数は経っていないのに、何年も前のことのように感じる。

それほど今の人質生活は故郷にいたときと比べて刺激に満ちているということだ。

「まずは乾杯しよう」

「はい。殿下」

「最高の料理と君と過ごせる一日に……乾杯」

ワイングラスを掲げて、シュバルツ殿下は私の目を見て微笑む。

この方はなにをしても絵になる。

グラスを揺らし、香りを楽しみ、ワインを口に含む。

それだけの仕草なのに、つい私は目で彼の動作を追ってしまっていた。

「飲まないのか？　それとも赤ワインは苦手だったかな？」

「い、いえ、むしろ赤のほうが好きです」

「はは、そうだったのか。ジルは白より赤のほうが好みか。君についてまた一つ知ることができた」

嬉しそうに笑うシュバルツ殿下が、再びグラスに口をつけるのに合わせて、私もワインを飲む。

口の中いっぱいに広がる深い渋みと芳醇な香り。

ワインについてはよく知らないが、その豊かな味わいは、たとえるなら名画を見たときの感動に近いものであった。

「美味しい……」

「それは良かった」

ジッとこちらを見つめて、微笑むシュバルツ殿下。

気のせいかもしれないが、今日はよく目が合う気がする。

（なにかを言い出すタイミングをはかっているようにも見えるのよね）

考えすぎかもしれないが、殿下の様子がいつもと違うので、私もついチラチラ彼を見てしまう。

「んっ？　どうした？　俺の顔になにかついているか？」

「いえ、別にそういうわけでは」

「そうか。料理も最高なんだ。食べてみてくれ」

シュバルツ殿下に勧められるまま料理を口に運ぶ私。

（な、なんて美味しさなの⁉　すごいわ！　ナイフとフォークが止まらない！）

サラダから肉料理まで、なにもかもが超一流という評判に違わぬ美味しさで、私は先ほどまでの違和感を忘れて食事に夢中になってしまった。


メインの肉料理を食べ終えたとき、ちょうどワインが一本空いた。

ほんのり頬が熱くなり、少しだけ酔っ払ったような気がする。

「まいったな。ちょっと飲みすぎたかもしれない」

「大丈夫ですか？」

まさかシュバルツ殿下って、お酒に弱いのかしら。

前に食事をご一緒したときも同じくらい飲んでいたような気がするけど……。

「ああ、体調は問題ない。ただ、これから話そうとすることを考えたら、少し酔いが回りすぎたかもしれないと思っただけさ」

「お話……？」

やはり殿下はなにかを話すつもりで、私を食事に誘ったようだ。

（しかも、なにやら口にするのを躊躇っているように見えるわ）

シュバルツ殿下は信用できる人だ。

だからこそ、不安が増してくる……。

「ふぅ、これ以上話を先延ばしにするのは良くないな。……ジル・アウルメナス。君に聞いてほしい話があるんだ」

（きたっ……‼）

背中にゾワッとした感覚が走る。

殿下が口を開いてから、声を発するまでのわずかな間がこんなに長いなんて……。

「ジル・アウルメナス、俺と結婚してくれないか？」

「へっ？」

まったく同じ反応を、ベルゼイラ王国に来たその日にしたのは記憶に新しい。

でも、驚きの気持ちは以前よりも大きいかもしれない。

心臓の鼓動は以前よりも確実に速くなっている。

「な、なぜですか？」

返事よりもなによりも、まずは疑問が出てしまった。

シュバルツ殿下は私に気を遣われていて、お互いにもっと距離を近付けてから結婚の話をしようと仰っていたし……このような大事な話をするならば、もっと前置きをしてくれたはずだ。

「……すまない。俺としても、君の気持ちを考えてもっと時間をかけようと思っていたんだが。陛下が急いで結婚せよと仰ったんだ」

「陛下が、私たちに結婚を」

なるほど。そういう理由か。

シュバルツ殿下の父親である国王陛下が急かすのなら、殿下が従わないわけにはいかない。

「どうやら、兄上が陛下に進言したらしい。イルフィードの予言に国が繁栄すると出ているのならば、結婚を遅らせる理由がないと」

「クラウス殿下が……」

「ああ、俺もまさか兄上がそのような進言をするとは思ってもみなかったから、正直驚いている。だが、正論といえば正論。俺も上手く切り返しができなかった」

不可解だと思ってしまった。

クラウス殿下が私たちの結婚を急がせる理由がまったくわからない。

あの方は次期国王の座を狙っている。

ライバルである、シュバルツ殿下が利するような提案はしないはずだ。

（なにかありそうだけど……それでも、私は殿下のプロポーズを――）

「君が戸惑うのは当然だ。だが、できれば俺と結婚してくれると助かる」

「助かると言われましても……」

ここまで話しておいて、なお私の意志を尊重しようとしてくれるシュバルツ殿下。

「断っても問題ない。理由は話したが、君に気持ちがないのなら、俺は陛下と直談判してでも君の意志を通せるように動くつもりだ」

この方はいつもそうだ。

私の気持ちなど無視して無理やり結婚ぐらいできる立場のはずなのに……。

「――直談判などしないでください。私でよろしければ、よろこんで殿下のプロポーズをお受けいたします」

「ほ、本当か⁉　ありがとう！　ジル！　絶対に君を後悔させないと誓うよ！」

断る理由が私にはない。

シュバルツ殿下は素敵な人だし、そもそもこの国に来てからというもの、なにかとお世話になっている。

そんな、殿下に迷惑をかけるなど考えられない。

（それにしても、「後悔させない」とは殿下らしい言い方だわ）

どこまでも誠実でまっすぐで純粋なシュバルツ殿下の好意は単純に嬉しかった。

「普通なら最初に指輪を見せてプロポーズするところなんだろうけど、君にプレッシャーをかけたくなかったんだ。これを受け取ってくれ」

殿下が小箱を開けて見せてくれたのは婚約指輪。

水色の宝石がついており、ベルゼイラ王家の紋章が刻まれている。

「まぁ、素敵な指輪ですね！　ですが、このような大層なものを受け取っても良いのでしょうか?」

「良いもなにも、これは君のために作らせた婚約指輪だ」

「わ、私のために?」

ズキンと胸が痛んでしまう。

(私は本物のジルじゃない。このまま一生シュバルツ殿下を騙して生きていかなきゃいけないの?)

「……ありがとうございます。大事にしますね」

罪悪感で一瞬だけ言葉が喉から出なくなったが、ここで偽者だと告白するわけにもいかない。

とっくに覚悟はしていたではないか。

これは私が背負わねばならぬ業なのだ……。

「付けてやろう。手を出してくれ」

「はい」

シュバルツ殿下によって、嵌められる指輪。

殿下の手のぬくもりを感じながら、私はその表情に視線を移す。

鮮やかなスカイブルーの瞳は、私の指の上で輝く宝玉と同じ色の輝きを放っていた。

「よく似合っている」

「そ、そうですか? こういったものを身につけたことがありませんので、よくわかりません。……ですが、殿下に褒められると嬉しいです」

「美しい君にぴったりの指輪を選んだんだ。俺のセンスを信じてくれ」

「は、はい……！」

私を想って指輪をわざわざ選んでくれたんだ。

（どうしよう。今、きっと私ははしたない顔をしているわ）

その言葉が嬉しかった。その気持ちが嬉しかった。

ずっと私が欲しかったものを殿下が与えてくれたような気がして……。

「ジル、うつむいてどうかしたのか？　体の調子が悪くなったのか？」

「ち、違います。すみません。殿下……私、嬉しくて」

婚約指輪を握りしめた手の甲に、雫が一滴だけ落ちる。

なにを感極まっているのか。

優しさが、愛情が、私の渇きを満たしてくれたからだろうか。

「ジル……？」

「ごめんなさい、殿下。でも、私は幸せです」

「――っ⁉　そうか。それは良かった」

シュバルツ殿下は優しい笑みを浮かべた。

鏡がないから、今の私がどんな表情をしているのか、正確にはわからない。

だけど、たぶん……いや、きっと笑っていると思う。

殿下の表情がそれを物語っていた。

「今日は驚かせてすまなかったな」

「お気になさらないでください。確かに驚きましたが、それよりも喜びが勝りましたから」

正直、罪悪感はまだ消えていない。

でもベルゼイラ王国に来てから今日まで殿下と過ごして、膨らんだこの気持ちに嘘はつけず……。

許されるのであれば、このまま殿下とともにいたいという願望が止められなくなってしまった。

◆

「おめでとうございます～！　いよいよお披露目ですね！　ジル様‼」

ニーナさんの嬉しそうな声を聞きながら、私は鏡の前で着替えをする。

お披露目……今日は建国記念のパーティーで、シュバルツ殿下が私を婚約者として国民の皆様に自ら紹介してくださるのだ。

「まだ心の準備ができていませんので、緊張します。快く思ってくださらない方もいると思いますし」

シュバルツ殿下が急いでプロポーズしたのは、建国記念のパーティーに間に合わせるためであった。

そう、あの日からまだ二日しか経っていないのである。

『結婚式の準備も急ピッチで進めている。大陸中の要人たちを招待しなければならないから、明日明後日というわけにはいかないが、一ヶ月から二ヶ月ほどで式を行えるだろう』

『そ、そんなに早いんですか？』

帰りの馬車での会話を思い出して、私は背筋が冷たくなる。

普通は婚約してから式まで、一年くらいは時間がかかるはずだ。

急いでいると言っても半年は先だろうと読んでいた。

（どうしよう！　あっという間にシュバルツ殿下との結婚式の日が来てしまう！）

「大丈夫ですよ～！　ジル様がシュバルツ殿下と結婚してくだされば、国が繁栄するとイルフィード様も仰ったのです！　あの役人さんみたいな人はごく少数ですよ～！」

「そうですかね」

「はい！　間違いありません！　それにシュバルツ殿下は人気がありますから～！」

力強くうなずきながら、ニーナさんは私を元気付けてくれる。

確かにイルフィードさんの予言はこの国で絶大な支持を得ているようだ。

そんな彼のお墨付きをいただいているのは大きいかもしれない。

「よくお似合いですよ～！　婚約指輪に合ったドレスが見つかって良かったです！」

今日のパーティーのために、指輪の宝石と同じ空色のワンピースドレスを用意してもらった。

なんと言っても急遽決まった予定だ。

ドレスを新しく作るなど無理な話で、ニーナさんはそれでも「妥協してはダメ」だと王都を走り回って探してきてくれた。

「わざわざ見つけてくれてありがとうございます」

「いえいえ～！　ジル様のためならば、たとえ火の中水の中ですよ！　おまかせください！」

ドンと胸を叩き、白い歯を見せるニーナさん。

彼女には本当にお世話になっている。

（ニーナさん、それにアルベルトさんがいてくれたおかげで、自分が人質という身分であることを忘れられたわ）

「はい。頼りにしていますね」

「ジル様～！　頼りにしていただいて嬉しいです～！」

ニーナさんが涙ぐみながら抱きついてくる。

ここまでまっすぐに善意を持って接してくれる人も珍しい。

「では、そろそろ行きましょうか。絶対に遅刻するわけにはいきませんし」

「そうですね～！　シュバルツ殿下、きっとジル様のドレス。お褒めくださると思いますよ！」

パーティー出席の支度を済ませた私は、殿下が迎えに来てくださる、そのときを待った。

「驚いた。君の姿に感激するのは結婚式まで取っておこうと思っていたんだが」

白を基調とした礼服を身につけて現れたシュバルツ殿下は、私の姿を見るなり目を細めてそんな言葉をかけてくれた。

「あ、ありがとうございます」

（私からすると今日の殿下のお姿のほうが――）

思わず見惚れてしまった。

軍人としても名を馳せているシュバルツ殿下の着こなしは迫力があり、覇気《はき》に溢れている。

「陛下も楽しみにしている。緊張させて悪いが、俺がずっと側にいるから安心してほしい」

「殿下が側にいてくださったら、不安など忘れてしまうかと。大丈夫です」

いつも以上に頼りになりそうな雰囲気の殿下。

そんなシュバルツ殿下が隣にいてくださるなら、緊張など本当に吹き飛んでしまいそうだ。

「はは、そう言ってくれるなら俺も嬉しいよ。君を自信を持って婚約者だと紹介できるからね」

「シュバルツ殿下……」

「さぁ、足元に気をつけてくれ」

差し出された手を握り、私は王宮へと向かう馬車に乗り込んだ。

そして、馬車は動き出す。パーティー会場へと……。


建国記念のこの日は王都でも大きな祭りが開催されており、道中は賑やかだった。

「ベルゼイラ王国は、歴史と伝統を重んじる国だ。だから、建国記念を祝うこの祭りは国民全員にとって最も大事な行事の一つでもある」

「そうなんですね。……だから、この日に合わせて殿下は私を？」

「ああ、そのとおりだ。形式を大事にする者が多いからな。国に関する重要な発表はこういった日に重ねることが多い」

シュバルツ殿下は私の言葉を肯定した。

それだけ注目を集めている中での発表か。

殿下が私の緊張を気遣ってくれたのもよくわかる。

「つまり君を妻に選んだ俺の責任も重大というわけさ。……ジル、今ここで言うべきか悩んだが一つだけ注意してほしい」

「ちゅ、注意、ですか？」

「ああ、俺の責任が大きいということは、兄上が動く可能性があるということだ。……いや、きっとあの男は動く」

断定に近い言い方で、シュバルツ殿下はクラウス殿下がなにかをするのではないかと、懸念を表している。

「そういえば、私たちの結婚を陛下に進言したのは、クラウス殿下でしたよね」

進言したのなら、クラウス殿下は私たちの結婚を望んでいる。

そう考えるのが自然なはずだ。

「そのとおりだ。兄上を疑うのは気が進まないが、最近の彼を見ていると……なにかあると考えざるを得ない」

だが、シュバルツ殿下の評判を落とすという目的があるという前提で考えると、クラウス殿下がなにか仕掛けてくるという可能性は捨てられない。

（なんと言っても、私は偽者なんだもの）

どうしたら良いのだろう。ここで私はシュバルツ殿下に、本当のことを告白すべきなのだろうか……。

「あのシュバルツ殿下――」

「んっ？　どうした？」

ここまで騙していたのだ。

私が処罰されるのは仕方がない。

でも、その結果――二つの国が戦争を再開して、多くの人が犠牲になってしまったら……。

（いえ、シュバルツ殿下は慈悲深く聡明な方。私個人をお恨みになることはあっても、なにか手段を考えてくださるはず）

「じ、実は私――」

「おっと、そろそろパーティー会場につくな。……その表情、大事な話なのであろう？　パーティーが終わってからゆっくりと聞こう」

「あ、はい。かしこまりました」

確かにこれからシュバルツ殿下の婚約者として、パーティーに臨まなくてはならないのだ。

そんな大事なときに、こんな話などすべきではない。

完全にどうかしていた。冷静さを欠いた行動だった。

とにかく、今は身の安全と発言に気を付けよう。

馬車は王宮の前に停まり、私はシュバルツ殿下にエスコートされながらパーティー会場へと足を運んだ。

◆

「おい、見ろよ。シュバルツ殿下が婚約者を連れて歩いているぜ」

「隣国の聖女ジル様……お美しいですわ」

「シュバルツ殿下も素敵‼」

「イルフィード様が、二人の結婚で国が繁栄すると予言したらしい」

私たちがパーティー会場に入ると、周囲がざわついてこちらに視線が集中した。

（この国に来た日に開催してもらった歓迎パーティーとは規模が全然違うわ）

さすがは建国記念のお祝い。

辺境からも有力な貴族たちが来ているので、会場内は大変な賑わいであった。

「クラウス殿下だ！」

そして、最後にクラウス殿下と国王陛下が入場する。

「国王陛下もいらっしゃったぞ！」

ベルゼイラ王国の国王であるリーンハルト・ベルゼイラ陛下は厳格な顔つきで、私たちを一瞥すると、壇上へと向かった。

（すごい迫力。急遽、婚約が決まったからまだ挨拶ができていないのよね）

さすがは一国の王。シュバルツ殿下とクラウス殿下の父親と言うべきか、陛下が会場に入った瞬間、場の空気が一気に変わるのを感じた。

陛下が壇上にたどり着くと、会場は静まりかえる。

「建国の日の今日。めでたい知らせがある。諸君らも噂などで聞いていよう。宮廷占い師イルフィードの予言を――」

そして、国王陛下は最初の挨拶を開始した。

「我が息子、シュバルツ・ベルゼイラが婚約を決意した。相手は隣国で最高の聖女だとの評価を受けているジル・アウルメナス。……二人ともここまで来て挨拶するがよい」

国王陛下はこちらに顔を向けて、自分のもとへ来るように促した。

「行こうか。皆に挨拶をする」

「は、はい」

シュバルツ殿下に手を引かれ、私も壇上へと上がる。

これが初めてのベルゼイラ国王陛下との対面である。

「陛下、こちらがジルでございます」

「お初にお目にかかります、ジル・アウルメナスです」

陛下の前で頭を下げる私。

近くだと、先ほどの迫力がさらにダイレクトに伝わり、緊張感が増す。

「うむ。ジル殿、頭を上げなさい。急な申し出を快諾してくれたと聞いておる」

「は、はい！」

「ベルゼイラの繁栄のため、故郷のために、献身しようとする姿勢……しかと受け取った。余はあなたの心意気に応えるつもりだ。両国の平和は保証しよう」

まっすぐで力強い視線を送りながら、陛下は言葉をかけてくださった。

（シュバルツ殿下がきっと話をつけてくれたのね。……やはり、戦争が再開されるかどうかは、私たちの結婚にかかっているんだわ）

すでにわかっていたが、陛下から念押しされたような気がして、私は迷ってしまっている。

先ほどまでは、パーティーが終わったあとに、シュバルツ殿下に本当のことを話すつもりでいた。

でも、陛下はきっとシュバルツ殿下ほど甘くないだろう。

私が偽者だと知れば問答無用で故郷を滅ぼすのではないか。

そんな気がして、ならなかったのだ。

「それでは、陛下。皆に婚約を報告させていただきます」

「うむ」

シュバルツ殿下の声に陛下がうなずくと、殿下は壇上に私を連れていく。

そして、殿下は口を開いた。

「陛下が仰ったとおりだが、先日私は一人の女性と婚約した！　名はジル・アウルメナス！　ネルラビア国で聖女として名を馳せた素晴らしい女性だ！　彼女はきっとこの国にとってなくてはならない存在になると私は確信している！」

軍を率いていた経験もあるシュバルツ殿下は、実に堂々としており、よく通る声を会場内に響かせていた。

「どうか皆も私たちを祝福してくれ！」

そして、殿下の演説が終わると――。

「シュバルツ殿下、万歳‼」

「ジル様、万歳‼」

割れんばかりの歓声と拍手が会場内に響き渡る。

やはり、英雄と言われているシュバルツ殿下の人気は高い。

そんな中、私たちに冷ややかな視線を送る者がいた。

（――っ⁉　な、なんて目をしているの？）

それは、第一王子であるクラウス・ベルゼイラ殿下。

殺気に満ちた感情を隠す気もないのか、シュバルツ殿下と私を睨み続けている。

「ジル、君も挨拶してくれ」

「あ、はい。わかりました」

クラウス殿下が気になるが、私も挨拶をするために口を開く。

「シュバルツ殿下より、ご紹介にあずかりました。ジル・アウルメナスです。これから、殿下の支えとなれるように努力いたしますので……どうか、よろしくお願いいたします」

長々と話しても仕方ないだろう。

私の紹介ならば、陛下とシュバルツ殿下がしてくれたのだから。

「ジル様、万歳‼」

「ジル様～‼」

（えっ……？）

一分にも満たない挨拶だったのにもかかわらず、シュバルツ殿下のときと同様に会場内は歓声で包まれる。

「応えてやってくれないか。皆も君がこの国に来てくれて嬉しいんだ」

「は、はい……」

シュバルツ殿下に促されるまま、壇上でこちらに歓声を送ってくれている方々に手を振る。

こんなにたくさんの人たちが、私たちの婚約をよろこんでくれているのか。

（どうすればいいの？　私は）

その歓声の、その拍手の、音が大きくなるにつれて私の迷いも大きくなる。

このままで良いのか。それとも――。

「完璧だったぞ。緊張していたんじゃないか？」

「は、はい。とても……」

会場内の熱気が一段落ついたとき、シュバルツ殿下は優しく語りかけてくれた。

その慈愛に満ちた笑みは、私を安心させるのに十分であった。

「陛下、それでは私たちはこれで――」

「うむ。シュバルツ、よくやった。余はお前を誇りに思うぞ」

満足そうにシュバルツ殿下の顔を見て、声をかける陛下。

(これがクラウス殿下が歪んでしまった原因なのね)

国王陛下がシュバルツ殿下に対して絶大な信頼を置いているように見えた。

クラウス殿下が次期国王の椅子を奪われるのでは、と恐れを抱いてしまう理由もよくわかる。

「ジル、行こう」

再びシュバルツ殿下に手を引かれて、壇上から下りる私。

そんな私たちの様子を見て、パーティー会場の貴族たちはこちらに近付こうとするが、ふと足を止めた。

「シュバルツ、見事な演説だったな」

クラウス殿下が、貴族たちの間をゆっくりと進んでくる。

見事とは言いつつも、まったく顔が笑っていないのであるが……。

(まさか、こんなところでシュバルツ殿下に喧嘩を売るつもりなの？)

「兄上、俺たちを祝福してくれるのか？　それなら嬉しいが」

「祝福？　はは、そうだな！　祝福だ、祝福！　なんせイルフィードのお墨付きカップルの結婚！　嬉しくないはずがないだろ？」

ようやく笑顔を見せたクラウス殿下。

しかしながら、その笑い方は祝福というより〝嘲《あざけ》り笑っている〟に近いように見えた。

「ありがとう。此度は兄上から陛下に進言してもらったと、聞いている。……喜んでもらえたのなら光栄だ」

「ほう？　見え透いた戯言《ざれごと》を……。聞けば、お前はそこの聖女と結婚するのを渋っていたと聞いているが」

やっぱりクラウス殿下は、シュバルツ殿下が私に気を遣って結婚を先延ばしにしていたのを知っていたのだ。

「そこまで聞き及んでいたとは知らなかった。……それで兄上は国の繁栄を願い、俺とジルが結婚するために一役買ってくれたのか？」

「もちろんだ！　僕はこの国と国民たちを愛している！　くだらん私情を挟んでいるお前と違ってな！」

私情、と言ってしまえばそうなのかもしれない。

一国の王子としての考え方はクラウス殿下のほうが正しいように思える。

「さすがは兄上だ。陛下も兄上の心意気を買ったからこそ、俺に早く婚約するように命じたのだろう」

「それはどうだか、な。結婚するのはシュバルツ……お前だ。陛下はお前を評価するだろうさ」

このクラウス殿下の言葉に嘘はないように思えた。

だからこそ、腑に落ちないのだ。

それならなぜ、シュバルツ殿下の評価を上げるような真似をしたのか。

（王権を諦めたの？　本心から国の繁栄を願っての進言かしら？　いいえ）

クラウス殿下の表情はそんな感じではなかった。

シュバルツ殿下を敵視しているのは明らかかのように見える。

「敵に塩を送った、というわけではなさそうだが」

「見縊《みくび》るなシュバルツ。僕はお前らが結婚したくらいで、王位を継承できなくなると思ってはいない。変に勘繰られるのは不本意だ」

「おっと、これは俺の失言だな。すまなかった。許してくれ」

鋭く睨みつけてきたクラウス殿下に謝罪するシュバルツ殿下。

（確かに、なにもしていないのに疑うのは良くないわね）

シュバルツ殿下もそれを理解していたからこそ謝ったのだろう。

「白々しく謝るなよ。まぁ、僕がお前を忌ま忌ましく思っていたのは事実だ。だが、なにも卑怯な手を使ってまで、王位を継承したいなどとは思っていない。……僕にもプライドがあるんだ」

クラウス殿下はマントを翻《ひるがえ》して、シュバルツ殿下に背を向ける。

ここでシュバルツ殿下を快く思っていないと告白したということは、本当に悪巧みなどはしていないのだろうか。

「油断するな……。あれは、兄上の宣戦布告だ」

「えっ？」

小声でシュバルツ殿下は私に耳打ちをする。

（宣戦布告って穏やかじゃないわね）

「これといった証拠はないが、俺は兄上を知っている。プライドがあるからこそ、あの人はどんな手を使ってでも王位につくつもりだ」

「シュバルツ殿下……」

私は以前、シュバルツ殿下とクラウス殿下の兄弟関係は自分たちに似ていると思っていた。

でも、それは大きな間違いだったのかもしれない。

最後の最後、別れの間際。私は妹のジルがなにを考えていたのかまったくわからなくなっていた。

（でも、シュバルツ殿下は嫌われていようとも、兄であるクラウス殿下を知ろうとしている）

私も、もっと卑屈にならずにあの子に積極的に関わろうとしていれば……。

「挨拶も済んだ。あとはパーティーを楽しむだけだ。……ジルも空腹なんじゃないか？」

ボーっと考えごとをしていると、シュバルツ殿下が微笑みかけてくれた。

「えっ？　あ、はい。そうですね。お腹が空いているかもしれません」

そうだ。まだパーティーは始まったばっかりだ。

このパーティーは貴族たちへの顔見せの意味合いが強い。

シュバルツ殿下としては、多くの人たちに私を紹介したいのだろう。

「シュバルツ殿下、このたびは婚約おめでとうございます」

「シュナイダー男爵、久しぶりだな。幼いときはよく世話になった」

「いえいえ、昔から殿下はなにをされても優秀で――」

「殿下！　婚約おめでとうございます！　いよいよご結婚なさるとは、感慨深いですなー！」

「エルムケルト辺境伯じゃないか。よく来て――」

次々とシュバルツ殿下の周りに貴族たちが集まってくる。

殿下は一人ひとりに丁寧に対応して、必ず最後に……。

「こちらがジル・アウルメナスだ。彼女になにかあったら、力になってやってほしい」

「ジル・アウルメナスです。よろしくお願いいたします」

私が自己紹介できるようにしてくれた。

そうしているうちに、パーティーの時間はあっという間に終わりを告げる。

緊張もあって、たくさんは食べられなかったが料理も美味しかった。

(結局、なにも打ち明けられなかったわね)

今日のところはこれで良かったのかもしれない。

動揺した状態のまま、あれだけ多くの人の前で話などできるはずがなかったから。

「ずっと笑顔で疲れただろう。よく頑張ってくれた」

「シュバルツ殿下……。殿下が隣にずっといてくれたおかげです」

「俺は君の婚約者だ。側にいるのは当たり前さ」

その気遣いが嬉しかった。

(やっぱり、このままにしていたらダメだよね)

「あの、シュバルツ殿下」

「んっ？　どうしたんだい？」

「……少しだけ、二人きりで歩きませんか？」

小さな勇気を振り絞って、私は殿下を散歩に誘った。

こんなにも優しいシュバルツ殿下を騙し続けるなんて、私にはもうできない――。

◆

王宮の中庭を二人で歩く。

夜風が涼やかで、月明かりが美しい。

(こんな素敵な夜なら普通にデートしたかったわ)

少しだけそれが寂しいと感じながら、私は未だに話を切り出せずにいた。

「珍しいな、ジルから俺を誘うなんて」

黙ったまま歩いていると、心配そうな顔をしたシュバルツ殿下が最初に口を開いてくれた。

「す、すみません。人払いまでしてしまい……」

「いや、いいさ。……さっき、なにか話したいと言っていたし」

ここに来る前の私の態度を覚えていたらしく、殿下はいろいろと察してくれているように見える。

　周りには私たち以外に人はおらず……シュバルツ殿下と内緒の話をするのに、これ以上の機会はない。

（頑張らなきゃ。せっかくこうして殿下が話を聞いてくださると仰ってくれたんだから）

　意を決して私は声を出す。

「シュバルツ殿下……一つだけ聞かせてください。もしも、イルフィードさんが予言をしなかったら、戦争は止められませんでしたか？」

「戦争を？　うーむ。そうだな……」

　殿下は私の問いを聞くと、腕を組んで考え込む仕草をした。

　ここで即答しないところがシュバルツ殿下らしい。

　私の言葉を丁寧に吟味して、答えようとしてくれているのだ。

「……正直、イルフィードの予言がなければ簡単じゃなかっただろうな」

「そうですか……」

「だが、だとしても、戦争を終わらせることを諦めなかったとは言い切れる。難しくとも、他になにか方法を考えたはずだ」

　スカイブルーのその瞳は、夜の闇をも払うほど強い光を放っており、殿下の真剣さを物語っていた。

（そうよね。そう答えてくれると思っていたわ。だから私は、シュバルツ殿下を――）

「これぐらいですまないが、君の求める答えになっていたかな？」

「は、はい！　ありがとうございます……‼」

殿下は誠意を持って私の質問に答えてくれた。

ここからは、私がシュバルツ殿下に誠意を見せる番だ。

「あの、シュバルツ殿下。前に仰いましたよね。私が双子の姉……ミネアと入れ替わっているんじゃないかって思ってるって。覚えていらっしゃいますか？」

「んっ？　ああ、もちろん覚えている。魔力量の測定などをさせてもらったし、理由は話さねばならないと思ったからな」

クラウス殿下もそうだが、シュバルツ殿下も当然私とジルが入れ替わったのではないかと疑っていた。

精霊術のおかげでなんとか事なきを得たけど、最初から危なかったのである。

「……あのとき、本来ならお話ししておくべきだったと後悔しております。私は自らの保身のためにずっとシュバルツ殿下を騙していたのですから」

「俺を騙していた？　ジル、それは一体――」

「ミネアです……！」

「――っ⁉」

「私の本当の名前はミネア・アウルメナス。最高の聖女ジルの双子の姉なのです」

言ってしまった。

本来なら黙っておくべきだったのかもしれない。

(でも、これ以上シュバルツ殿下を騙し続けるなんてできないわ)

私の身はどうなってもいい。

殿下が故国との戦争をなんとかしてくれるのならば……。

最後の最後に……少しの間でも、こんなにも素敵な人の婚約者になれてよかった。

「やはり、そうだったのか」

「へっ?」

今、シュバルツ殿下は「やはり」と言ったような気がする。

まるで、前から私が本物のジルでないと知っていたかのような言い方だ。

「すまないな。俺も違和感は覚えていたんだよ。君が本物のジル・アウルメナスなのかどうか、その疑いは持っていた」

「えっ、と……疑い、ですか?」

魔力を測定したあとは、疑いが解けていたと思っていた。

シュバルツ殿下がまさか、まだ私を疑い続けていただなんて。

自分の演技がしっかりしていたとは思っていないが、誤魔化せていると思っていた。

「最初の違和感は教会で魔法を使っていたときだ。どうもぎこちないように見えてしまってね」

「そ、そんなに早くから……」

「まぁ、そのときは緊張していたからだろうと解釈したが」

確かに緊張はずっとしていた。

でも、本物のジル・アウルメナスなら。私の妹ならば、どんなに緊張していてもスムーズに術を発動させていたかもしれない。

あの子は強気で、自分の力に常に自信を持っていたから……。

「疑いを強く持ったのはイルフィードと話していたときだ」

「イルフィードさん、と？」

「あのときは君だけじゃなく、イルフィードも少し変だったからな。君の悩みについてもずっと考えてみたが……悩みが本物のジル・アウルメナスでないということならば、納得できる部分が多かった」

なるほど、イルフィードさんと会ったときか。

あのときは私もしどろもどろになっていたし、彼の話も意味が通じないところが多かった。

あの場ではシュバルツ殿下も最低限しか口を挟まなかったが、いろいろと考えていたのだろう。

（待って……でも、それはそれで変だわ）

私はあのときの会話を思い出して、首を傾げてしまう。

「イルフィードさんは、私と結婚すべきだと言っていて……シュバルツ殿下はそれに同意をしていました。それって、私が本物だと信じていたからではないのですか？」

シュバルツ殿下はイルフィードさんの予言に絶大な信頼を寄せていた。

実際、彼の力は間違いなく本物だった。

（そういえばイルフィードさんが私を偽者だと見抜いた上で放っておいた理由もわからないわね）

こんなときなのに、次から次へと疑問が頭に浮かぶ。

この話はどこに向かおうとしているのか、わからなくなっていた。

「……イルフィードの予言について詳しく話していなかったな」

「詳しく、ですか？」

「あの男はこう予言したのだ。『俺が聖女を人質にするように要求をして、ベルゼイラにやってきた者と結婚すれば、この国の繁栄は約束される』と」

私の疑問に答えようとしてくれているのか、少し間をおいてシュバルツ殿下は語り始めた。

「最初、これは俺が聖女ジルを人質として要求し、ジルと結婚すれば良いのだと解釈した。陛下も兄上も同じ解釈だ」

予言の解釈？

イルフィードさんの予言は難しい言葉は使っておらず、そのままの意味で解釈すればいいのではないだろうか……。

「だが、よく考えてみると変なんだ。イルフィードは、聖女を人質に要求しろとは言ったが、聖女と結婚しろとは言っていない」

「あっ⁉」

「ベルゼイラに来た者と結婚……という文言の解釈。それは仮に君の故国が身代わりを送ってきたとしても、その者と結婚すべきだと解釈できるのでは、と俺は考えたんだ」

それはあまりにも私にとって都合が良すぎる解釈であった。

（予言って、そういうものなの？）

でも、それならクラウス殿下はともかく、国王陛下は許してくれるかもしれない。

「だが、これはあくまでも俺の解釈だ。イルフィードは予言をそのまま伝えるだけで、解釈は他人に委ねている。陛下や兄上が俺の話に納得してくれるかどうかはわからない」

「……そ、そうですか」

「それに……仮に俺の解釈が認められたとしても、だ。君自身というより、身代わりを送った君の故郷――ネルラビア王国への怒りは収まらないだろう」

まるで私の思考を先回りするように、シュバルツ殿下は淡々と語りかける。

結局、最初の段階で間違っていたのだ。

――身代わりとして偽者を送るという行為自体に誠意がない。

陛下がそう感じるのは当然かもしれない。

「シュバルツ殿下、申し訳ございません。疑問に思っていらしたとはいえ、私の罪は重いです。どうかなんなりと処分を申し付けてください」

まずは私の罪に対する罰をはっきりさせよう。

どのみち、私はシュバルツ殿下を騙し続けていたのだ。

その行為に対する罰はあって然るべきである。

「君を処分？　どうしてそんなことをしなければいけないんだ？」

「どうしてって、それは――」

「騙していたのは君が故郷を想っていたからだろ？　俺が君の立場でもそうするさ」

「シュバルツ殿下……」

月明かりに照らされた殿下の金髪は淡く輝き、その真剣な眼差しは、私の不安を拭い去るのに十分であった。

「それに、君は正直に話してくれただろ？　君自身が断罪され、命を落とすことも覚悟の上で。そんな真似は百人いても百人ができないはずだ。たぶん、俺もできないと思う」

「そんな大層な話じゃありません」

「どうかな？　ただ一つ言えるのは……俺は自分の妻になる人間が君のような人で誇らしいということだ」

殿下はそっと私の頬を撫でて、微笑む。そしてそのまま優しく抱き寄せた。

「で、殿下？」

ギュッと力強く抱きしめられて、私は身体中の血液が沸騰しそうなほど熱くなった。

どうしてだろう。

心臓が痛いくらい早鐘を打っているのに、こんなにも安心するのは。

まるで、やっとあるべき場所に戻れたような気分だ。

「俺の婚約者は……君がいい」

「で、殿下……」

「イルフィードの予言など関係ない。これは俺の個人的な望みだ」

「――っ⁉」

その言葉は、待ち望んでいたものなのかもしれない。

（この腕の中から離れたくない……）

強くそう思った瞬間、私の目には涙が浮かんでいた。

「この際だ、はっきり言おう。俺は君が好きだ」

「殿下……」

「最初は予言のために君を知ろうとしていた。だが、ひたむきで心の優しい君にいつしか惹かれていたんだ」

シュバルツ殿下が私の頬に触れる指は微かに震えていた。

（もしかして、殿下も緊張なさっているのかしら）

だが、私は殿下以上にドキドキしている。

伝えなくては……私の今の気持ちを。出会ってから今日までどんどん膨らんできた殿下への想いを。

「シュバルツ殿下、お慕いしております」

「ありがとう。ジル、いやミネア・アウルメナス。三度目のプロポーズになるが、聞いてほしい。俺と結婚してくれ。……陛下や兄上のことは任せてくれ。万事上手くやってみせる」

きっと、殿下は私がプロポーズを受け入れると最初からわかっていたのだろう。

そう思えるほどに迷いなく、私の唇に触れるだけの口付けを落とす。

（シュバルツ殿下……）

その柔らかな感触はまるで、夢のようで。

それでも確かな温もりと愛を感じた。

まるで体重がなくなってしまったかのように、全身の力が抜けて地面からふわりと浮いてしまうような感覚。

私はそのままシュバルツ殿下の胸に体を預けて、目を閉じた――。

永劫《えいごう》だと勘違いしてしまうような、すべてを忘れられた至福のひととき。

シュバルツ殿下の胸の中で、私はずっとその幸福感に身を委ねていた。

第五章　決別のとき

『シュバルツ殿下、お慕いしております』

私はなんて大胆なことを言ってしまったのだろう。

翌朝、屋敷で目が覚めた私は昨日の夜の出来事を思い出す。

(いくら嬉しかったからって……私ったら)

『俺と結婚してくれ』

もう何度目かわからないほど反芻《はんすう》しているプロポーズの言葉と口付けの感触に、胸の奥が熱くなる。

(殿下もドキドキなさっていたのよね……)

思い出すだけで恥ずかしくなってしまうが、その感覚は嫌なものではない。むしろ心地良い。

(でも……やっぱり恥ずかしいわ)

ベッドの上で悶《もだ》えながら枕に顔を埋める。

思い出すだけで顔が熱くなるほど、昨晩の出来事は衝撃的だった。

「ジル様～！　お手紙が届いております！」

ドアの向こうからメイドのニーナさんの声がする。

「今行くわ」

ベッドから起き上がり、ドアのほうへと向かう。

そういえば……昨夜、シュバルツ殿下が手紙を出すと言っていた。

昨夜のやり取りを思い返して、つい笑みが溢れてしまう。

『イルフィードの予言など関係ない。これは俺の個人的な望みだ』

（あのとき、照れてしまって直視できなかったな）

「ジル様？　お顔が赤いですが……大丈夫ですか？」

「だ、大丈夫です！　それよりニーナさん。手紙の差出人はもしかして、シュバルツ殿下ですか？」

「あ、はい～！　よくわかりましたね！」

ニーナさんは愛くるしい笑みを私に向けながら手紙を差し出してくれる。

「い、いえ……なんとなく」

私はニーナさんからシュバルツ殿下からの手紙をおずおずと受け取ると、封筒に施された刻印を確認した。

（王家の紋章だわ）

王家の家紋が刻まれており、間違いなくシュバルツ殿下からの手紙だということがわかる。

（でも……どうしてわざわざ手紙なのかしら？）

昨夜は直接、会ってお話ができたというのに。よほど重要なことなのだろうか……？　不思議に思いながらも封を開けてみる。

『ジル・アウルメナス、君との結婚式の日取りが決まった。王家のしきたりに沿って、書面にて君にそれを伝える。式典は三ヶ月後の清風の月の末日、ベルゼイラ大聖堂にて』

迅速に結婚式の準備をするとは聞いていたが、本当にこんなに早いとは。

書面に記された日付を見て、私は思わず息を吞んだ。

『日取りが決まった以上、君のご両親に招待状を送らせてもらう』

（私の実家であるアウルメナス伯爵家を招待……当たり前なんだけど、胸がざわつくわ）

私を妹の身代わりとして人質に出した両親に、シュバルツ殿下から招待状が届くのだ。

私の両親はどのような顔をするのだろう？

正直、怖かった。

仮に両親が私を受け入れてくれるとしても……もう私は普通に接する自信がなかった。

「ジル様、本当に大丈夫ですか？　今度は顔色が悪いですが……」

ニーナさんは私の様子を見て心配そうな表情を浮かべた。

「だ、大丈夫ですよ」

私は精一杯の笑みを浮かべて返事をしたが……きっとぎこちないものだろう。

にやけたり、不安がったり、これでは情緒不安定だと思われるではないか。

（しっかりしないと）

それでも笑顔を作ると少し気が楽になった。

今ここで悩んでいても仕方がない。

シュバルツ殿下を信じて、そのときがくるのを待つだけだ。

◆

この日から結婚式の準備に追われる毎日が待っていた。

式のドレスや装飾品はもちろん、式場であるベルゼイラ大聖堂での披露宴の内容まで確認しなくてはならないのだ。

準備自体はもちろん然るべき人たちがしてくれるのだが、これもベルゼイラ王家のしきたりなのか、細いチェックは私たちがすることとなっているからだ。

「ジル様、ドレスの試着はお済みになられましたか～!?」

「ええ。ニーナさん……少し疲れました」

私はニーナさんに手伝ってもらってドレスから普段着へと着替え終わると、ぐったりと椅子の背にもたれかかった。

ここ数日の寝不足と準備による疲労が蓄積している。

普通は一年かける準備をたったの三ヶ月で行わなくてはいけないため、準備期間は非常に短い。

忙しくなるのは必然であった。

「ジル様、あまり無理はなさらないでくださいね～！」

ニーナさんが温かい紅茶を淹れてくれながら、心配そうに私を見つめている。

「ありがとうございます。……心配ばかりかけてごめんなさいね」

私はニーナさんにお礼を言うと、カップを手に取って一口だけ口をつけ再びテーブルに戻した。

「お気になさらないでください～！　シュバルツ殿下より、ジル様が大変ならば私たちがお手伝いするように仰せつかっておりますから～！　それに……私はジル様のお役に立てることが嬉しいのです‼」

「ニーナさん……」

ニーナさんは本当に優しい人だ。

私のためにそこまで言ってくれるなんて、いくら感謝してもし切れないくらいである。

（それにシュバルツ殿下も、いつも私を気にかけてくれて――）

「あ⁉　今、殿下のことを考えていらっしゃいましたね⁉」

「そ、そういうわけでは！」

「照れなくても、いいんですよ～！　お代わり入れますね～！」

図星を突かれて慌てる私にニーナさんが悪戯っぽく微笑んだ。

そして、カップの中に紅茶を注ぎ直す。

（ニーナさんの洞察力には敵わないわ……）

「それにしても早いですね～！　もうすぐジル様がシュバルツ殿下と結婚式を挙げるなんて！　ご家族の方も来られるんですよね⁉」

ニーナさんが目を輝かせながら尋ねてくる。

「あ、はい。父と母は来ますよ。……姉は来ないですけどね」

「ええっ⁉　ジル様のお姉様、来られないんですか～⁉」

そう、本物のジルは結婚式には来ないと聞いた。

万が一でも、あの子がこの国で本物だとバレるという事態を回避するためだろう。

（両親はシュバルツ殿下と婚約すると聞いて、喜んでいると言っていたけど……本当かしら）

「ジル様のお姉様って、双子のお姉様なんですよね～⁉　どんな方なんですか～⁉」

「そ、そうですね……。ミネア姉さんは、魔力を持っていなかったので、聖女になれなかったんですよ」

私は少し躊躇いながらニーナさんに答えた。

ミネア・アウルメナスは私。

自分について語るのは少し変な気分だ。

「えっ⁉　ミネア様は魔力をお持ちではないんですか～⁉　でも、アウルメナス家って……」

「はい。シュバルツ殿下から聞いているかもしれませんが、魔術師の名門と呼ばれております。

……ミネア姉さんは、落ちこぼれなんですよ」

精霊術を覚えるまでの私は落ちこぼれ。

魔法が使えないアウルメナス家の人間など、両親にとっては恥でしかなかった。

「だ、ダメですよ～‼　ジル様、ご自分のお姉様を落ちこぼれだなんて、絶対に言っちゃダメです‼」

「に、ニーナさん？」

「……ミネア様がたとえどんな方でも、ジル様の大切なお姉様に変わりはないでしょう⁉」

いつもニコニコしている彼女が珍しく怒っている。

(大切なお姉様？　あの子は私をどう見ていたのかしら)

でも、確かに彼女の言うとおり。

自分の姉を……いや、自分自身を貶《おとし》めてはならない。

それは私を選んでくれたシュバルツ殿下に対して、不義理を働くことになる。

「ニーナさん……ありがとうございます。そうですね、大切な姉ですものね」

「はい！　ジル様にそんな言葉は似合いません～！」

ニーナさん、ありがとう。

本物のジルはこの国には来ないけど、あの子の名を汚さないためにも、私は頑張るから。

「ジル様、シュバルツ殿下がいらっしゃいました」

部屋のドアをノックする音とともにアルベルトさんの声がした。

(もう、そんな時間なのね……)

私は椅子から立ち上がると部屋のドアを開けた。

そして、応接室まで足を運ぶ。

「シュバルツ殿下！」

「ジル、準備は順調かい？」

私の顔を見て優しく微笑むと、シュバルツ殿下はソファに座るように促した。

「はい、滞りなく。今日もニーナさんとアルベルトさんが手伝ってくれたので……」

「そうか……それは良かった。困ったことがあったらなんでも言ってくれ」

「ありがとうございます！」

私がお礼を言うと、シュバルツ殿下は満足そうにうなずく。

「しかし早いものだな。来週にはもう式が挙げられるなんて。ここまで、よく頑張ってくれた」

「いえ……私など、シュバルツ殿下にはなにからなにまでお世話になりっぱなしで……」

私は深々と頭を下げた。

シュバルツ殿下の助けがなかったら、結婚式の準備はスムーズに進まなかったはずだ。

「ジルは謙虚だな。まぁ……そこが君の良いところなんだが」

シュバルツ殿下が笑いながら私の手を握る。

少し気恥ずかしくて、私は思わず目を逸らしてしまった。

正式に婚約してから三ヶ月間。

シュバルツ殿下との仲もさらに深まったと思う。

殿下が時間を見つけては、こうして私に会いに来てくれるのも大きい。

「ジル？　どうした？　顔が赤いけど？」

「い、いえ……なんでもございません」

それでも、こうして近くで見つめられるとやっぱり心臓がうるさいくらいに高鳴ってしまう。

（もういい加減に慣れないと。結婚式で恥をかいてしまうわ）

「そうか、それならいいのだが……疲れているんじゃないのか？」

「お気遣いありがとうございます。大丈夫です」

私は笑顔を作って答えた。

（多少の疲れはあるけど、そうも言っていられないわ。式にはたくさんの人が来るんだから）

結婚式には両親はもちろん、近隣諸国からも王族や有力な貴族たちが出席する。

「シュバルツ殿下の結婚相手として相応しい振る舞いができるように頑張りますね……！」

「そうか……無理だけはするなよ」

優しく微笑んで、シュバルツ殿下は私の頭を撫でた。

その心地よさに私はまた頬を熱くしてしまう。

（もう……本当に心臓に悪いわ。夫婦になるのが少し怖いくらい）

「それと、ジル。今日は君に伝えるべきことがあるんだ」

「……伝えるべきこと？　なんでしょうか？」

「君の両親が明後日、ベルゼイラ王国にやってくる」

「えっ？」

（思っていたよりも早いわ）

私は呆然として言葉を発することができなかった。

「どうやら君の心配をしているようで、式の前に会いたいと強く希望しているそうだ」

「そ、そうですか」

私は自分の背筋が冷たくなるのを感じた。

両親と会う……物心ついてからずっと落ちこぼれ扱いされていた私にとって、それは恐怖でしかない。

私の生家であるアウルメナス家は魔術師の名門。

魔力が少ない私を父は認めてはくれなかった。

「不安かい？」

「いえ、大丈夫です。……シュバルツ殿下がいらっしゃいますから」

シュバルツ殿下が再び手を握ってくれる。

（殿下は私に勇気をくださるわ）

「そうだな、俺がついている」

「ありがとうございます。殿下、お気を遣わせてしまい、申し訳ございません」

私はシュバルツ殿下に頭を下げる。

「気にすることはないさ。少し遅れるかもしれんが、俺も同席するから安心してくれ」

「はい！」

私はシュバルツ殿下の優しさに感謝しつつ、笑顔でうなずく。

不思議なほど、胸の中の不安が消えていた。

◆

「久しぶりだな。ミネア……いや、ジル」

「お父様、お母様」

先日シュバルツ殿下が屋敷を訪問されて、さらに数日後。

ベルゼイラ王国に到着した両親と私は屋敷で対面していた……。

そして、挨拶も早々に父が私に向かって口を開く。

（一体、なにを言われるのかしら？）

「お前、いったいなぜこのようなことになったのだ⁉」

「……も、申し訳ございません」

いつものクセで父に怒鳴られると、つい謝ってしまう。

「でかしたぞ！　よくぞシュバルツ殿下との婚約を取り付けたものだ……！」

「えっ？」

父は私の手を握りブンブンと振り回した。

（あれ……？　いつもみたいに怒鳴られない？）

「さすが私たちの娘だわ、ミネア」

母は満足そうな様子で笑顔を見せている。

これまでずっと落ちこぼれ扱いされていたので、両親に褒められた記憶がまったくない。

そのためか、あまりの二人の豹変ぶりにあ然とするばかりだ。

「あ、あの……お父様？　お母様？」

「なんだ？」

「なにか欲しいものがあるの？　なんでも言っていいのよ」

（やっぱり変よ。シュバルツ殿下との婚約がアウルメナス家にとってプラスになったからかしら？）

どうしてだろう？

この二人が怖いと思ってしまうのは……。

「いやー、落ちこぼれのお前が、まさかシュバルツ殿下の心を射止めたとはなー。生まれて初めて良いことをしたんじゃないのか？」

「そうね。私も初めてあなたを愛せると思ったわ」

いや、この二人は変わっていない。

単純に私がアウルメナス家にとってプラスになったか、マイナスになったかで態度を変えているだけなのだ。

「本当にお前が魔力を持たないと知ったときは、捨ててやろうかと悩んだものだが……」

「あら、あなた。そんなことを思っていたの？」

（二人とも笑顔で話しているはずなのに、やっぱり怖い……）

私は愛想笑いを浮かべるのが精一杯だ。

なにか黒い感情が爆発しそうなのを必死でこらえていた。

「穀潰しだと思っていたが、我慢して育ててやった甲斐があったな」

「あなた、お父様に感謝しないといけないわよ」

（もうダメ！　我慢の限界かも――）

「穀潰し？　ジル・アウルメナスは最高の聖女だと聞いていたが？」

「「――っ!?」」

そのとき、応接室の中にシュバルツ殿下が入ってきた。

そして、私の前に立ち両親を睨みつける。

「シュバルツ殿下!!」

「なぜここに!?」

両親は驚いて立ち上がり、突然の殿下の登場に慌てふためいていた。

「どうして？　ジルは俺の婚約者だぞ？　そばにいるのは当たり前じゃないか」

しかし、シュバルツ殿下はそんな両親を意に介さない様子で私の隣に腰を下ろす。

その表情は怒りに満ちていた。

「も、申し訳ございません！　娘が殿下に相応しいとは思えず……つい、いつもの冗談を」

「そうなんです！　こ、これは冗談なんです！　家族内でよくある会話ですのよ！　おほほほ！」

必死でその場を誤魔化そうとする両親。

そんな二人を見て、シュバルツ殿下の表情がさらに険しくなる。

「冗談？　冗談というのは笑える話を言うのだ。ジルの顔を見ろ、彼女が笑っているように見えのか？」

「アウルメナス伯爵、そして伯爵夫人よ。俺の婚約者にこんな顔をさせて許されると思っているか？」

「そ、それは……」

殿下は両親に向かってそう告げる。

静かだが、はっきりとした脅しを含めて……。

戦場の天才と称される殿下の迫力は、二人を震え上がらせるのに十分だったようだ。

「――っ!?　も、申し訳ございませんでした！」

「二度とこのような無礼は働きません！」

両親はすぐに謝罪の言葉を述べた。

そんな二人を見てシュバルツ殿下が口を開く。

「誰に謝っている？　君たちが謝るのは俺に対してではない。ジルに対してだ」

(シュバルツ殿下が私のために怒ってくださっている……)

胸が熱くなるのを感じた。

両親に対して吐き出したいと感じた黒い感情はもうない。

それを自覚したのと同時に私は涙を流していた。

「ジル……？　どうかしたのか？」

そんな私を見てシュバルツ殿下は慌てた様子で尋ねる。

「いいえ……違います。嬉しいのです」

私は涙を拭いながら笑顔で答えた。

もう両親のことなどどうでもよかった。

(シュバルツ殿下は私を愛してくださっているわ)

「そうか……それならばいいのだが」

殿下は優しく微笑みかけてくれる。

私はそんな微笑みを見て、ますます彼のことが好きになっていた。

「ジル、ワシらが悪かった。だからその、殿下に謝罪させてくれないか？」

「ジル……本当にごめんなさい。私たちも言い過ぎたわ」

両親はあたふたしながら、私を取りなそうとする。

シュバルツ殿下がいなければ、もっと言いたい放題だったのだろうけど。

でも、もう二人にはなにも言う気力はなくなってしまった。

(そうね、これで終わりにしましょう)

「お父様……お母様……」

私は両親に向かって声をかける。

もう自分の口からこの二人になにかを言うことは二度とないと思っていたけど……今なら言える気がしたからだ。

「ここまで育ててくれた恩がありますから、私からあなたたちに望むことは一つです」

「な、なんだ？　なんでも言ってくれ。ワシらはお前の望みならなんでも叶えてやるぞ！」

私の言葉を聞いた両親が食い気味に返事をする。

（やっぱりね……殿下の前だからそうやってお父様は……）

私は両親の反応を見てすぐに確信した。

（もうこの人たちから愛情はもらえない）

そう思うと、自然と心が穏やかになった。

もうなにも怖くないとさえ思えるくらいに……。

「さようならをしましょう。結婚式が終わったら、もう二度と会いません」

私は両親の顔をまっすぐに見つめて、そう告げた。

「なっ⁉」

「ジル……！　なにを言って――！」

私の言葉が予想と反するものだったようで、両親は途端に顔を青くする。

「もう私、無理なんです。お父様とお母様の顔を見るのも辛くなってしまっていて……だから、最後に感謝の気持ちだけお伝えします。それでお別れしましょう」

「ジル……ワシらが悪かった！　もうお前にはなにもしないと誓う！」

「お願いよ、ジル……！　私たちを許して……！」

二人は必死の形相で私に許しを乞う。

私がシュバルツ殿下と結婚すれば、ベルゼイラ王家に懇意にしてもらえると皮算用していたのだろう。

今さら謝られても、もう遅いというのに……。

「ごめんなさい。私はもう、お父様とお母様を愛せない」

「そんな……」

「ワシはお前が不出来だから厳しくしていただけで……！」

なんとか取り繕おうと父は自分の正当性を訴える。

私が狭量なのかもしれない。

でも、二人と離れて暮らしていたこの数ヶ月。

心の中が洗われたような気がした。

そして、久しぶりに両親と会って気付いてしまったのだ。

（知らない間に私は、異常な環境を当たり前だと思い込まされていたのね）

「もうあなたたちに愛情など抱けないんです」

「お、お前……親に向かってなんてことを！」

私は両親を冷めた目で見つめる。

もうこんな人たちと関わりたくないし、顔も見たくない。

「というわけだ。アウルメナス伯爵、このまま事が進めば俺の義理の親になるわけだから手荒な真似はしたくない。ここで引いてくれるなら、身の安全は約束しよう」

「で、殿下！　それではまるで我々が罪人のような言い方ではありませんか！」

シュバルツ殿下の言葉を聞いて、父が激昂《げっこう》する。

彼には彼のプライドがあるのだろう。

「そう聞こえるのは仕方ないな。実際、魔力のない娘を身代わりにしたのだ。君たちが悪者でないというのなら説明してみろ」

「なっ――で、殿下はそれを知っていて」

シュバルツ殿下が皮肉気な笑みを浮かべながら父に尋ねると、父は驚愕の表情を浮かべた。

当たり前だろう。

私とジルが入れ替わっていると気付かれているのだから。

「伯爵はミネアが要らないと判断したから、この国に送り込んだのだろ？　にもかかわらず、今さらどういうつもりで父親として会いに来た？」

「そ、それは……」

父はシュバルツ殿下から目を逸らして押し黙る。

どうやら、殿下の言っていることは図星らしい。

(この人にとって、私って一体なんだったのかしら？　もう、考えたくもないわ)

「わかりました。もうミネアには二度と会わないと約束します」

父は観念したように頭を下げた。

顔を歪め苦虫を噛み潰したような表情で……。

シュバルツ殿下を前にして、これ以上の恥を晒すことを嫌ったのだろう。

「そ、それでは失礼いたします」

「あなた……」

よろよろとした足取りで、両親は応接室を出て行った。

シュバルツ殿下は二人の背中を見送って口を開く。

「ミネア……君はもうなにも思い悩まなくていい。俺が君を守る」

「ありがとうございます。シュバルツ殿下……」

私は心からのお礼を告げた。

普通なら両親との仲を取り持とうとするのが、王族にとって正しい姿なのだろう。

でも、シュバルツ殿下は私のために両親との縁を切ろうとしてくれたのだ。

「私は、両親から愛されないことはわかっていました。それを受け入れていました。それでも……少し辛かったです」

今になって涙が出てきた。

でも、悲しいわけではなくて……嬉しいのだ。

ずっと愛に飢えていた私は、シュバルツ殿下の愛情に触れて、自分が心の底から安心できているのを感じた。

「その気持ちは当然だ。今日はもう休むか？」

「いいえ！　もう大丈夫です。私にはシュバルツ殿下がそばにいてくださるんですもの！」

「ふっ……それなら良かった。だが、少し休むといい。あとは俺に任せておけ」

結局、シュバルツ殿下に押し切られて私は自分の部屋に戻ることにした。

両親との再会は、思った以上に精神に負担が大きかったのかもしれない。

部屋に戻った私はベッドの上に腰掛ける。

「はぁ、私が間違っているのかしら……お父様やお母様に対してあんな――」

「別に気にしなくて良いんじゃない？　あの人たちは変わらないわよ。ミネア姉さん」

「――っ⁉」

独り言を口にした途端、聞き馴染みのある声が返ってきて、私は腰が抜けそうになった。

「な、なんであなたがここにいるの？　ジル！」

「姉さん、久しぶり。元気そうで安心したわ」

そこにいたのは私と瓜二つの妹。

本物のジル・アウルメナスだ。

(結婚式には来ないって聞いていたけど、これは一体どういうわけ？)

「私がここにいるのは、別に大した用事じゃないわ。姉さんに一つだけ忠告しにきたの」

「忠告ですって？」

「ええ、忠告よ。……シュバルツ殿下と結婚するのはおやめなさい」

「なっ⁉」

ジルの突然の忠告に私は思わず絶句する。

本当にこの子、どういう目的でここに来たのかしら。
やっぱりわからない。
私は双子の妹の考えがまったくわからなかった。

【閑話】勝利の確信（クラウス視点）

やっとだ……やっと、忌ま忌ましい弟が衆人の前で大恥をかいてくれるぞ！

この日がやってくるのをどれほど待ち望んでいたか。

僕はグラスのワインに口をつけながら、喜びに打ち震えていた。

「殿下、随分と機嫌がよろしいですね」

「ああ、それはもう機嫌くらい良くなるさ。明日の式典が楽しみだからな」

「なるほど、シュバルツ殿下の結婚式ですか！　弟君の幸せを自らのことのように喜ばれるとは、さすがはクラウス殿下でございます！」

頭の軽いバカ従者が勝手な解釈をして、笑顔を見せる。

今、城ではシュバルツの結婚式の準備で大勢の人間が忙しなく動いている。

各国から要人を招き入れるからだ。

（もしも、これだけの面子が集まる中で、陛下の御前で、ジル・アウルメナスが偽者であることが明るみに出れば――）

その様子を想像すると、僕は思わず笑ってしまいそうになる。

「殿下、どうされましたか？」

「いやなに……結婚式で、あいつは一体どんな顔をするのか想像してみたんだ」

僕の弟……シュバルツ・ベルゼイラ。

あいつはなにをやっても完璧で、僕に拭いようのない劣等感を抱かせてきた。

父上も、僕よりもシュバルツを可愛がっていた。

母もシュバルツには甘かったな……。

だから、僕はあいつにだけは負けたくなかったんだ。

(でも、それも今日までだ!)

明日になればすべてがはっきりする。

そして、その瞬間が僕にとって最高に幸せな時間となるだろう。

シュバルツの評判が地に落ちれば、王座はこの僕のものだ。

そうなれば、父上も僕を認めてくれるはず。

「クラウス殿下、ラドルフ殿が面会に来られているようです」

これからシュバルツをどうやって貶めるか考えていると、従者が部屋の外で待っている人物について報告した。

「ああ、わかった。お前は席を外せ。二人きりで話をする」

ラドルフ……僕の忠実な下僕。そして、この国の外交担当の役人でもある。

僕は人払いをして、そいつを招き入れた。

「クラウス殿下。このたびは王位継承確定、おめでとうございます」

「ふん……心にもないことを言うな」

僕はラドルフの世辞を鼻で笑った。

未来の玉座に想いを馳せるにはまだ早い。

あのシュバルツを……憎き弟を……破滅させたあとこそが、僕が輝かしい栄光を手に入れる瞬間なのだから。

そのときまで、決して油断してはならない。

「これは失礼いたしました。今日は殿下に大切な報告があって参ったのです」

「そのように言うということは……隣国のウェルナーからきっちりと情報を引き出せたようだな」

「はい、それは抜かりなく」

ウェルナーは隣国の外交担当の役人だ。

この男、実は戦争中は我が国の諜報員として暗躍し、隣国の情報を我が国に流していたのだ。

その事実は僕と数名しか知らない。

そして、ジル・アウルメナスの身代わりとしてミネア・アウルメナスをこの国に連れて来るように誘導したのは……他でもない。

この僕、クラウス・ベルゼイラだ。

（ラドルフを使って、新たに外交担当の役人となったウェルナーに指示を出し、身代わりを連れて来させるという完璧な作戦だったのに‼）

「ウェルナーはなんと言い訳していたのだ？　偽者があれほどの力を有しているなんて聞いていてい

なかったぞ」

「はい、それは彼も知らなかったようでして」

ウェルナーは僕の期待を裏切った。

やってきた偽聖女は魔力を持たない落ちこぼれだと聞いていたのに、実際はどうだ？

魔力量の測定では今までにない記録を出したというじゃないか。

（……なぜ、この僕の輝かしい未来の訪れを阻む⁉）

僕の目の前でも、その確かな力を示した偽聖女。

あのときほどムカついたことはなかった。

（これじゃあ、シュバルツを糾弾できないではないか‼）

僕はジル・アウルメナスが偽者だという証拠を新たに探らねばならなくなったのだ。

「で、本物と偽者を見極める方法はわかったのか？」

「もちろんです。……本物のジルにはうなじの部分に星型の小さな痣があると、ウェルナー殿がアウルメナス伯爵から確認したと報告を受けています」

「そうか……」

僕はラドルフからの報告を聞いて、拳を握りしめる。

（これで偽聖女だという証拠を示せるな‼）

結婚式が始まったら、僕がすぐに彼女が偽者であることを糾弾してやる！

見てろ、シュバルツ。

そのときこそ、お前は陛下から叱責され、その輝きは僕のものとなるのだ。

「で、本物のジル・アウルメナスはこの国には来ていないのだな？」

「それは間違いないかと。アウルメナス伯爵より、欠席するとの連絡は受けております。本物をこちらに寄越すのはリスクがあるというウェルナーの助言を聞き入れたものと思われます」

「そうか、ならばいい。偽者を追い詰める証拠は挙がっているからな」

僕はそれを聞いて安堵する。

本物と入れ替わるチャンスがなければ、もうあの偽聖女には逃げ道はない。

（完璧だ……完璧すぎる！）

僕は明日の作戦成功を確信して、グラスのワインを一気に飲み干した。

◆

「それでは、これよりシュバルツ・ベルゼイラとジル・アウルメナスの婚姻の儀を執り行う」

教会の司教の宣言に、僕は思わず生唾を飲み込む。

（あと少しだ……あと少しであの生意気な弟に恥をかかせられる!!）

その瞬間を見るために俺はこの場にいるのだ。

「新郎新婦の入場です！」

教会の扉が開かれて、純白のウェディングドレスに身を包んだ女がシュバルツと共に歩いて来た。

(ようやくこの時が来たか！)

偽者の聖女……その正体はジル・アウルメナスの双子の姉、ミネア・アウルメナス。

なにも知らないあの女は、幸せそうな笑みを浮かべて、シュバルツの隣に立つ。

(さあ、あの偽聖女をこの場で糾弾してやる！)

僕は大きく息を吸い込み、口を開いた。

「皆の者、よく聞け‼　そこにいるジル・アウルメナスは偽者だ‼」

大聖堂に響き渡る僕の声。

その言葉に、式場は一瞬にして静まり返った。

参列者は僕の言葉に動揺し、ざわつき始める。

「静粛に！　今からこの僕が偽聖女を成敗《せいばい》してやる！」

だが、すぐに僕が大声で参列者を制したことで再び静寂が訪れた。

(さて、これでシュバルツの奴も終わりだな)

偽者の聖女を連れてきた時点で、シュバルツ・ベルゼイラに未来はない。

そして、今のこの瞬間こそ僕が玉座を手にするための第一歩だ。

「クラウスよ。今の話は本当か？　あのジルが偽者だなどと言っていたが」

父上、いや陛下が僕の発言に驚き、こちらに向かって問い掛ける。

「ええ、それは事実です。もちろん証拠もございます」

「そうか……では、あの娘は何者だと言うつもりだ？」

陛下は花嫁を指さして、質問を続けた。

何者だと？　そんなの決まっているじゃないか。

「彼女はジル・アウルメナスの双子の姉でございます」

「双子だと……？」

「ええ、双子の姉です。名はミネア・アウルメナス。ジルと瓜二つですが、聖女ではなく落ちこぼれの娘だと聞いております」

僕は陛下に、彼女がジル・アウルメナスの双子の姉、ミネアであることを伝えた。

さてさて、ここからは僕の独壇場だ。

陛下の前で大恥を晒すがいい、愚弟よ！

「シュバルツ、今の話は本当か？　そこにいる娘はジルではないとクラウスが申しているが」

「いいえ、まったく事実と異なります。こちらの女性は間違いなくジル・アウルメナスです」

陛下の言葉を受けてもシュバルツはまったく動じず、それどころかミネアを庇う。

（当たり前か。あいつもジルが偽者であることを知らないのだからな）

間抜けなシュバルツは、隣の女が本物のジルだと心の底から信じている。

そこがあいつの隙だったのだ。

「シュバルツ、お前はなぜそうも断言できる？」

「それは……ジルは確かな力を示しましたから。兄上もそれは目の当たりにしているはずです」

「そうなのか？　クラウス」

陛下が僕を見る。

（ふふ……ここまでは想定どおりだ）

僕は偽聖女の正体を暴くために一歩前に出た。

「ええ、そのとおりです。その女は魔力を持っていました。しかし、だからといってそれが本物だという証拠にはなりません」

「わからんな。シュバルツは本物と主張し、お前は偽者だと主張する。そこまで自信があるなら、クラウス。彼女が偽者だという確かな証拠を示してみろ」

陛下のひと言で参列者の視線が一斉に僕に注がれる。

その反応を見ながら、僕は続けた。

「わかりました。それでは証拠を示しましょう」

「うむ」

「これは、そこにいるアウルメナス伯爵から隣国の役人ウェルナーが仕入れた情報なのですが……本物のジルのうなじには星型の痣があるとのことです」

「な、なぜそれを‼」

参列者として座っていたアウルメナス伯爵が狼狽する。

馬鹿な男だ。ウェルナーがこちら側の人間だとまだわからないのか。

「シュバルツ！　そこの女が本物のジルであればその痣がある！　調べたらすぐにわかる！　どうだ？　今ここでそれをはっきりとさせないか？」

「……ええ、わかりました。兄上が望むのなら、はっきりさせましょう」

僕の提案にあっさりとシュバルツは応じた。

あいつはまだそれでも、ジルが本物だと信じているのだろう。

少しは動揺するかと思ったが、意外であった。

（だが、それは大きな間違いだと言わせてもらおう。ククク、シュバルツよ！　これでお前は終わり！　終わりだァ‼）

僕は壇上にいるミネアの背後に回り込み、その髪をかき上げた。

そして、それを周囲によく見えるように衆人の前に晒してみせる。

「なっ⁉　こ、これは……そんなバカな……」

僕の目の前にあったのは紛れもない星型の痣であった。

（な、なんで⁉　ど、どうして痣があるんだ⁉　なぜ⁉　嘘だろ⁉　えっ？　えっ？　えっ？　ええっ⁉）

「……クラウス様。これでよろしいでしょうか？」

女が淡々とした口調で僕に言う。

その表情には、余裕すら感じられた。

（こ、こいつ……まさか⁉　ほ、本物⁉）

そ、そんなバカな話があるのか？

「クラウス様の言いがかりには驚きましたわ。まさか、この私をあの落ちこぼれのミネアだと勘違いするだなんて」

（なんだ……？　な、なんなんだ⁉　この女は‼）

「ですが、これで納得されましたでしょう？　私が本物であると。それとも、まだなにかございますか？　陛下の前で私たちの結婚式を中断してまで仰せになられたいお話が」

僕の前にいる女は依然として、淡々とした口調で言葉を紡ぎ続ける。

う、嘘だろう？　嘘だと言ってくれよ……‼

まさか、こいつ……本物なのか？

本物のジル・アウルメナスなのか‼

やめてくれ、もしそうだったら僕は……。

「兄上、もうこの茶番は終わりです」

シュバルツが僕に声をかける。

その目は哀れんでいるようにも見えた。

（な、なにが終わりだ！　ふざけるな‼）

「いや、待て！　まだだ！　もう少しだけ待ってくれ‼」

（違うんだ！　僕は……俺はこんなところで終わるような男じゃないんだ‼）

こんな馬鹿な話を認めてなるものか‼

だっておかしいだろ？　こいつがミネアじゃないなんて……‼

どこで間違ったのだ？　い、一体どうしてこうなった⁉

【閑話】姉妹の再会（ジル視点）

「シュバルツ殿下と結婚するのはやめなさいって……そんな話をするためにわざわざここまで来たの？」

ミネア姉さんは目を丸くして、私を見ていた。

そういえば、私は結婚式には招待されていないのよね。

ウェルナーの裏切り者が、私に国から出るなと何度も念を押していたわ。

(万が一でも再び入れ替わりをされないためかしらね)

「そのとおりよ、姉さん。私だってわざわざあなたを助けたくなんかなかったけど、二つの国が再び戦渦に巻き込まれるなんて、放っておけないものね。……一応、私は聖女だし」

「ど、どういうこと？　ジル、あなたなにを知っているの？」

そういえば、こんなに長い会話をミネア姉さんとしたのは何年ぶりかしら。

すこし話をしようものなら、父や母が邪魔をしてくるから、二人きりで話をする機会なんて、すっかりなくなっていたわ。

しかし、ミネア姉さんも甘いわね。無防備にもほどがある。

察しが悪いったらありゃしない――。

「はぁ……平和ボケも大概にしなさい」

「えっ？」

私は指に魔力を集中させて、氷の矢を放つ。

鉄板をも貫く私の魔法。

私が知っている頃のミネア姉さんなら、確実に怪我をするだろう。

「なにを……するのよ！　どういうつもり？　ジル！」

ミネア姉さんは氷の矢を結界魔法で弾き落とし、私を睨みつける。

「静かになさい。誰か来たら面倒なんだから。……でも、驚いたわ。本当に魔法が使えるようになったのね」

「なにを言って……」

「そのままの意味よ」

（これが精霊術とやらの力なのね）

「姉さんはそうやって上手く私の身代わりになってくれたつもりかもしれないけど……それでも明日、正体がバレるわ」

「だから、なにを言っているの？」

「すべては仕組まれていたのよ。第一王子のクラウス殿下。彼があなたを私の身代わりとしてこの国に送るように仕向けたの」

「えっ……!?」

「順を追って説明してあげるわね。まず――」

私はミネア姉さんに私が知り得た情報を説明する。

クラウス殿下がウェルナーと手を組んでいたこと。

そして、偽者の聖女を連れてきたシュバルツ殿下を糾弾して、彼の評判を下げる計画をしていたことも。

「——ま、まさか、私がこの国に送られることから仕組まれていたなんて」

一通り私の話を聞いたあと、ミネア姉さんは顔を青くしていた。

無理もないでしょうね。呑気に結婚式を迎えようとしていたら、悪意に晒されるところだったんだから。

「これでわかった？　あなたは明日の結婚式で確実にこの痣が首筋にあるかどうか調べられるの。偽者だってバレたら、シュバルツ殿下やあなたの立場もどうなるのかしらね」

「そ、それは……」

「あなただけじゃないわ。偽者の聖女を送り込んできた私たちの故郷を、ベルゼイラ王国は決して許さないはず」

「……戦争が再開するかもしれない。いえ、必ずそうなる」

さすがに呑気な姉さんも深刻な状況に追い込まれていると気付いたみたいだ。

まぁ、気付かないほどの馬鹿だったら、縁を切ってやるところだったけどね。

「話は理解してもらったようね。だから、明日の結婚式に出るのはおよしなさい。残念だけど、これぱっかりはあなたがいくら力を得てもどうにもならないわ」

「それはそうだけど……でも、結婚式を急に中止にするのは――」

「私が代わりになるわ」

「へっ？」

青い顔をしているかと思えば、今度は間抜けな顔をする。

それくらい察しなさいよね。

私だって、王子との結婚式を中止にしたら大騒ぎになることくらいわかっているわよ。

「私が結婚式に出れば、なんの問題ないでしょ。本物なんだから」

「……いいの？」

「いいのって、そもそも結婚式を挙げるのはジル・アウルメナスよ。つまり、明日の結婚式はそもそも私のためのものなのよ」

事の発端は、私が姉を身代わりにするという安易な選択を良しとしたところにある。

これは私にしては珍しく迂闊《うかつ》だったと言えるわ。

「わかったた。あなたに代わってもらうわ。……でも、意外ね。ジルが私を助けてくれるなんて」

「勘違いしないでくれる？　私はあなたを嫌っているの。だけど、私の身から出た錆で戦争が再開されるのは見過ごせないだけよ。決してあなたのためじゃないわ」

「ええ、そうね……でも、ありがとう。ジル」

ミネア姉さんは力なく笑って、私に礼を言う。

（本当に馬鹿な姉さん……）

「シュバルツ殿下は私の正体を知っているから、前もってきちんと話しておいてくれたら、きっと力になってくれるはずよ」

「はぁ？　なんでシュバルツ殿下はあなたが偽者だってことを受け入れてるのよ？」

「それは……」

「まぁいいわ。あとで殿下に聞いておくから。あなたはさっさとここから逃げなさい」

とりあえず、ここで二人が話しているところを誰かに見られたらマズイわ。

本来、私は故郷から出ていないことになっているんだから。

妙な噂が流れたら、変な疑いをかけられてしまう。

「わかったわ。……そういえば、あなたどうやってここに入ったの？　お父様やお母様に気付かれずにここまで来たのよね」

「別に……窓が開いていたから、そこから入っただけよ。屋敷の前は監視がいたけど、裏は誰もいなかったもの。警護も随分とお粗末ね」

「そ、そう。……あなたって意外と大胆なのね」

別にそうでもないでしょう。

というより、これくらいできないと聖女なんか務まらないわ。

「じゃあ、魔法の絨毯を使って窓から出ていくわ」

「魔法の絨毯？　まぁ、なんでもいいけど。くれぐれも目立たないようになさい」

「わかってるわよ」

ミネア姉さんは魔法の絨毯を起動して、窓から外に飛び立つ。

これでひとまず姉さんは大丈夫でしょう。

あとは私が明日、クラウス殿下言いがかりを一掃すれば、すべてうまくいくわ。

「さてと……面倒だけど、きちんと終わらせなきゃね。これが私なりのけじめなんだから」

この茶番劇は仕組まれたもの。

だとしたら、私にも責任がある。

そして、茶番を仕組んだ愚か者を私は絶対に許さない。

◆

「ジル様、おきれいですよ～‼」

メイドのニーナとやらにウェディングドレスを着つけてもらう。

本来ならミネア姉さんが着るはずだったドレスだ。

「ありがとう」

私はニーナにお礼を言って、鏡に映る自分を見る。

別に嫌なわけではないけど、なんだか妙な気分だわ。

「さぁ、結婚式が始まりますよ！　シュバルツ殿下もきっとジル様の姿を見たら、お喜びになるはずです」

「そうかしらね……」

（さてと……）

私は決意を固めて、シュバルツ殿下の下へ向かった。

「シュバルツ殿下、お待たせいたしました」

私は微笑みながら、シュバルツ殿下に挨拶をする。

さて、ミネアから聞いたところ、殿下は私の正体を知っているんでしたっけ。

「君は誰だ？　いや……もしや君が本物のジル・アウルメナスか」

「――っ⁉　ひと目でどうしてわかったんです？　私が本物のジル・アウルメナスだと」

「……表情、仕草、それに口調も若干違う。ずっと彼女を見ていたからな。だから別人なのはすぐにわかった。となると彼女と瓜二つの人物は双子の妹の他はあるまい」

（はぁ……これだからクラウス殿下はこの人を警戒しているのね）

「ご明察です。私は本物のジル・アウルメナスですわ」

「やはり。では、事情を聞かせてもらえるかな？　本物がここにいる理由を」

（一体、どこから説明したものかしら……）

私は一通り事情を説明する。

第一王子のクラウス殿下がウェルナーたちと手を組んでいたこと。

そして、シュバルツ殿下に恥をかかせるために動いていたこと。

「……なるほど。そんなことになっていたのか」

「随分と落ち着いていますね。私がいなかったら危ないところでしたのに」

「そうだな。兄上の企みについてはすでにわかっていた。……だから星型の痣は火傷の痕を偽装して隠そうと提案するつもりだったんだ」

シュバルツ殿下はそう口にして、粘着剤と焼けた皮膚のような質感の布地を私に見せる。

「な、なるほど……そこまでお見通しでしたか」

これが戦場の天才と呼ばれるシュバルツ殿下か。

私がなにも言わなくても、すべてを察していたとは恐れ入る。

「ミネアは監視されているみたいだったからな。魔道具技師に作らせたこれを渡すのはこのタイミングだと思っていた。まぁ、本物の君が現れたから不要になってしまったが、な」

「それはそれは……差し出がましい真似をしてしまい申し訳ございませんでした」

「いや、いいさ。本物の君ならどんな偽装よりも確実だ。感謝するよ」

（あら……案外いい人じゃない）

私は心の中でシュバルツ殿下の評価を改める。

この人は話がわかるようだ。

ミネア姉さんが正体をバラした理由もなんとなく理解できた。

「それでは、これよりシュバルツ・ベルゼイラとジル・アウルメナスの婚姻の儀を執り行う」

ドアの向こう側から司教の言葉が聞こえる。

（さぁ、クラウス殿下。来るならいらっしゃい‼）

「新郎新婦の入場です！」

私はシュバルツ殿下とともに式場の中に入った。

◆

「これで納得しましたでしょう？　私が本物であると。それとも、まだなにかございますか？　陛下の前で私たちの結婚式を中断してまで仰せになられたいお話が」

墓穴を掘った形となったクラウス殿下は泣きそうな顔になり、こちらを見ていた。

勝てると思い込んだ瞬間に負けを宣告される。

彼は未だにこの状況が飲み込めていないように見えた。

「兄上、もうこの茶番は終わりです」

「いや、待て！　まだだ！　もう少しだけ待ってくれ‼」

シュバルツ殿下の言葉に対しても動揺して、口からつばを飛ばしながら喚《わめ》き散らしている。

(無様ね。この人にはもうなにも打つ手がないというのに)

「クラウス！　いい加減にせい！　お前、あれほどの啖呵《たんか》を切ったというのに、この醜態！　恥を知れ！」

「うっ……」

国王陛下はクラウス殿下に近付いて叱責する。

それは当然だろう。各国の要人がいる前で、恥をかかされたのだから。

「陛下！　違います！　僕は、僕は……あなたが――」

えっ？　なにかしら？　この変な感じ……。

「僕はあなたが一番許せなかった……‼」

「――っ⁉」

突如としてクラウス殿下は懐から短剣を取り出して、陛下に向かっていくと、その腹をひと突きに刺した。

「あ……がっ……！」

陛下は苦しそうに呻《うめ》いて倒れてしまった。

「な、なにを⁉」

突然の出来事に私は頭が混乱する。

なぜこんなことになったのか？

（まさか、最初からこれが目的だったの？）

「さて、革命の始まりだ‼」

クラウス殿下がパチンと指を鳴らした瞬間に会場に大量の兵士たちが入ってくる。

どうやら、クラウス殿下はシュバルツ殿下の糾弾に失敗したら、クーデターを企てるつもりだったらしい。

「ははは！　会場の警備はすべて僕の崇高な支配を望む革命派の兵士たちが行っている！　今日からこの国の君主はこの僕になる！」

高笑いするクラウス殿下。

各国の要人たちは次々と兵士たちに取り押さえられ、拘束される。

要人はそれぞれ護衛を引き連れていたが、まさかこんな事態になるとは思っていなかったらしく、呆気に取られている間に主人を人質にされてしまったようだ。

「父上を頼む。ジル・アウルメナス、聖女である君なら治療ができるだろう」

シュバルツ殿下は私に陛下を託すと、兵士たちの前に立ちはだかる。

「シュバルツ殿下！　邪魔立てするなら、あなたも殺せとクラウス様より命じられています！」

「動かないほうが身のためですぞ」

しかし、その行動が兵士たちの怒りを買ったのか、彼らは一斉にシュバルツ殿下に襲い掛かる。

（一体なにを考えているの？）

私にはこの状況でなぜシュバルツ殿下が前に出たのかわからない。

「俺を討つつもりなら少なくとも五人以上でかかってくることだ」

「「っ⁉」」

そんなことを考えていると、彼は襲い掛かる兵士の剣を奪い取り、その剣で兵士たちを次々に斬り捨てていく。

「君は父上を頼む！　ここは俺が引き受ける‼」

今は彼の言葉に従おう。

こうしている間にも陛下は苦しんでいるのだから。

私は陛下の側まで駆け寄って、すぐに治癒魔法をかけつつ、会場の外に避難しようと動き出す。

（陛下の傷は深いわ。治療だけならなんとかなりそうだけど……）

シュバルツ殿下の身が危ない。

殿下は確かに強いけど、兵士の数はあまりにも多い。

（ったく、私が自由に動ければあれくらいの数はなんでもないのに‼）

イライラしながら、兵士たちの攻撃をかいくぐり会場の外に出たとき……私は見慣れた顔と出くわした。

「じ、ジル……一体なにがあったの？」

「ミネア姉さん……ちょうどいいときに来たわね」

第六章　偽りの花嫁

フードを被って顔を隠し、結婚式の会場付近の様子を見ていたら、中が騒がしくなった。

どうやら、会場内で警備していた兵士たちが暴れ出したらしい。

なにが起こっているのか、疑問に思っていると中から国王陛下とジルが出てきた。

陛下はお腹から血を流していて、どう考えても尋常じゃない事態だ。

「ジル、これはどういうこと？」

「はぁ……説明する時間がないのよね」

ジルが私の手を握る。すると頭の中に彼女の先ほど見聞きした記憶が流れ込んできた。

「なるほど……大体わかったわ」

「まぁ、あなたならこれくらいはできるでしょう？」

どうやらクラウス殿下は陛下を暗殺しようとして、さらにクーデターを起こし国を乗っ取るつもりらしい。

「あ、あれ？　この服装は？」

「ついでにあなたのウェディングドレスを返してあげるわ。じゃないとそのまま中に入ったらバレるでしょ」

「そ、それはそうだけど……」

「さっさとシュバルツ殿下を助けに行きなさい。私は陛下を治さなきゃいけないんだから」

ジルは魔法で私と彼女の服装を入れ替えると、陛下に治癒魔法をかけ始める。

「ありがとう、ジル！」

私はジルに礼を言ってから、会場の中に入っていった。

◆

（まったく……どうしてクラウス殿下はクーデターなんか）

シュバルツ殿下の下へ向かいながら、私は周囲の状況に気を配る。

どうやら、かなりの数の兵士たちが会場を占拠しているようだ。

（ちょっと数が多いわね……）

「父上に逃げられただと⁉　お前らなにをしているんだ‼」

クラウス殿下の怒鳴り声が会場内に響き渡る。

「愚かだな。衝動的にこんな真似をして上手くいくはずがない。陛下が避難できたなら、お前のクーデターは失敗だ。観念するがいい」

シュバルツ殿下は襲い掛かる兵士を次々に斬り伏せながら、クラウス殿下に淡々と告げる。

このような状況でも冷静さを失っていないのはすごい。

「黙れ！　僕は認めないぞ！　こんな結末は認めない！　ジル・アウルメナスを今から追いかけて父上を殺せばよい！　兵士ども、僕に付いてこい！」

どうしよう。

今、クラウス殿下が動くと国王陛下と陛下を治療しているジルが……。

でも、私が出て行っても事態はなにも好転しないかもしれない。

人質がたくさんいる中で私が下手に動けば、誰かを傷付けて——。

「その必要はありません。私ならここにいます」

それでも私はありったけの勇気を振り絞って、声を上げた。

そして、数十人の兵士たちを従えるクラウス殿下の前に姿を見せたのである。

(なにをすればいいのかわからない。でも、私はジルの身代わりとして、ここにいる。だったら、それを最後まで貫かないと)

そうしないと、さっき私を信じて送り出してくれた妹に一生顔向けができない。

「じ、ジルだと!?　ど、どうしてここに!?」

クラウス殿下は驚愕の表情で私を見る。

「あら?　なにかおかしいことですか?」

私はわざとらしく首を傾げる。

あくまでも、先ほど陛下を連れて避難したジルがここに戻ってきた、という体裁を装わなくてはならないからだ。

(きっとジルならば、こうして余裕の表情を見せるはず。本当は足が震えそうでどうにもならないけど。耐えなきゃ……なんとかするための隙を見つけなきゃ)

「悪いですが、陛下には指一本たりとも触れさせません」

クラウス殿下にそう答えつつ、私は会場全体を見渡す。

この場の兵士たちだけでもざっと四、五十人はいるだろう。

さらに魔力を持つ者が数人混ざっているようだ。

「くっ……馬鹿な女だ！　父上を置いて戻ってくるなんて！　それならお前を殺して、父上を見つければいい！　最高の聖女だろうが、遠慮はいらん！　殺せ‼」

「「はっ‼」」

クラウス殿下の命令で、兵士たちは一斉に私に襲い掛かってくる。

(人に向かって魔法を使うのは気が進まないけど、そうも言ってはいられないわね)

「風の精霊よ。我が眼前の敵を切り刻め！」

私は兵士たちに風の刃を放っていく。

「ぐあああっ‼」

「ぎゃあああああ‼」

風の刃が兵士たちの腕や足を斬り裂き、血が吹き出す。

ついでに周囲の貴族や王族たちを拘束しているロープも切り裂き、救出した。

(これでよし！)

今の攻撃で大半が気絶したが、まだ数人ほど立っている者がいる。さすがに精鋭というべきか。

「さすがはジルだな。見事な手腕だ」

シュバルツ殿下は兵士と戦っていたが、私の魔法を見て感嘆の声を上げてくれた。

「ちっ……お前たち！　さっさとシュバルツを拘束しろ！　人質にしてしまえばジルも手が出せまい！」

「「はっ！」」

クラウス殿下の命令で残りの兵士たちがシュバルツ殿下に一斉に飛びかかる。

「俺が黙って拘束されるとでも思っているのか？」

だが、シュバルツ殿下は剣を振るい兵士たちの攻撃を防いだ。

その動きは洗練されていて、無駄がない。

（すごい……これが「戦場の天才」の実力というものなの？）

私は彼の動きを見て感嘆する。

正直、こんなに強いとは思わなかったのだ。

そう思っていると、シュバルツ殿下の背後を狙い火球を放つ兵士がいた。

「殿下には指一本も触れさせません！　大地の精霊よ！　すべてを弾く障壁を出現させよ！」

私は土の壁をシュバルツ殿下の背後に出現させ、火球を弾く。

私が対処しなければ、シュバルツ殿下は火球に焼かれていただろう。

（毎日、精霊術で大気中にある精霊の魔力をスムーズに自らの魔力へと変換する修行を続けていて良かったわ。とっさに魔法を使うことができた）

「助かった！　ありがとう」

「いえ、もっと早く対応していれば殿下を危険にすら晒さなかったはずです。油断してしまいました」

私とシュバルツ殿下は背中合わせに立って、お互いの死角を補う。

まさか、こんな怖い状況になるなんて。

でも、今の私は聖女ジル・アウルメナスとしてここにいる。

これくらいで怯《ひる》んでなるものか。

それにシュバルツ殿下は私の大切な人。絶対に失いたくはない。

「ジル、兵士たちの足止めを頼めるか？　俺は兄上を……いや反逆者クラウスを拘束する」

「かしこまりました」

私はシュバルツ殿下の言葉を聞いて小さくうなずく。

おそらくクラウス殿下を相手にすると私が力を使うのを遠慮すると思ったのだろう。

初めてシュバルツ殿下に頼られたのだ。誇りに思う。

(こんなときだけど……嬉しい)

「反逆者だとォ‼　シュバルツ、貴様‼　誰に向かってそのような口を利いている⁉」

「黙れ、クラウス！　これ以上の身勝手は許さん！」

シュバルツ殿下とクラウス殿下はお互いに鋭い目つきで睨み合う。

いくらクラウス殿下が怒っても、「戦場の天才」と呼ばれているシュバルツ殿下に敵うはずがない。

（それがわからない人ではないはずなんだけど、なにか切り札でも持っているのかしら？）

「クラウス、先に言っておくが俺は容赦しないぞ」

「ぬぐっ……生意気な！　えぇい！　剣を寄越せ！」

近くの兵士から剣を奪い取り、上段に構える。

「はぁああっ‼」

クラウス殿下は裂帛《れっぱく》の気合いと共にシュバルツ殿下に向かって斬りかかった。

だが、シュバルツ殿下は最小限の動きでその一撃を躱《かわ》すと、すれ違い様にクラウス殿下に剣を振るう。

「遅い」

「ぐっ！　ふざけるな！」

しかし、その一撃はクラウス殿下が素早く剣を間に挟むことで防がれた。

「思ったよりも、やるものだ。剣術は苦手だと勘違いしていたよ」

「その余裕面が気に食わなかったのだ！　シュバルツ！」

クラウス殿下は再び上段から剣を振り下ろす。

「ふんっ！」

だが、シュバルツ殿下は一歩後ろに下がるだけでその攻撃を躱す。

「くっ……おのれ‼」

クラウス殿下はすぐに体勢を立て直すと、剣を連続で振るう。

（すごい……互角の戦いになっている）

私は二人の戦いを見て圧倒される。

いや、それだけじゃない。なぜか兵士たちも二人の王子の剣戟《けんげき》を見守っていた。

「俺はあなたのコンプレックスを知っていた。だが、それでも兄として、第一王子としてそれを乗り越えてくれると信じていたのだ。だが、あなたはその信頼を裏切った！」

「なにが信頼だ！　僕はお前のその上から目線が死ぬほど嫌いだったんだ！」

二人の王子の剣戟は激しさを増すばかりだ。

（どうして、こんなにも悲しく感じるのかしら）

シュバルツ殿下とクラウス殿下のすれ違いが虚しい。

私も優秀な妹に対して劣等感を抱き続けていたから。

もしも、もっと歩み寄って話し合うことが叶っていたなら、クラウス殿下とシュバルツ殿下は違う関係になれたはずだ。

「クラウス、最後のチャンスをやろう。投降しろ。そして陛下から裁きを受けるのだ」

「ふざけるな‼　裁きを受けるのはお前だ！　シュバルツ‼」

「そう……残念だよ。クラウス」

シュバルツ殿下の剣戟が一段と速くなる。

それにつられるように、クラウス殿下も速度を上げていった。

「ぐぅ……シュバルツ！　貴様！」

（隠していた実力差がありすぎる。どちらが勝つかは明白だわ）

もう勝敗は完全に決したようなものだ。

そして、シュバルツ殿下は本当に兄であるクラウス殿下を――。

「終わりだ！」

私はシュバルツ殿下の気迫を感じて目を見開く。

彼は本気でクラウス殿下を殺すつもりだ。

「ひぃっ……!?」

それは一瞬の出来事。

足がよろめいた隙を見逃さなかったシュバルツ殿下が剣戟を放ったのだ。

バランスを崩して尻もちをついているクラウス殿下は、その一撃を躱すことができない――。

しかし次の瞬間、シュバルツ殿下は不思議そうな顔をして私を見る。

「ジル？　どういうつもりだ？」

私は魔法で光の剣を繰り出し、シュバルツ殿下の剣を受け止めたのだ。

殿下が驚くのも無理はない。

「シュバルツ殿下、どうか血を分けた兄弟の血でその手を汚さないでください」

出すぎた真似をしたかもしれない。でも、私は耐えられなかった。

「だが、俺は……王族として、弟として、陛下に対して狼藉《ろうぜき》を働いたこの男を許すわけには
……」

シュバルツ殿下は苦しそうな表情をする。

彼は本当に優しい人だ。

そんな人に兄を殺すような真似をしてほしくない。

(もし私が止めなければ、シュバルツ殿下は本当にクラウス殿下を斬っていた)

「ですが、殿下自身の本心はどうですか？　本当に兄であるクラウス殿下を斬りたいとお思いですか？」

「そ、それは……」

あの意志の強い殿下の瞳の輝きが揺らいだ。

その揺らぎは、まさしく殿下の本心を表していた。

「いいや、ダメだ！　君にはわからないかもしれないが、国王に対して刃を向けるという行為は重罪なのだ！　王族だからこそ、王子だからこそ、身内の不始末に対して寛大になるわけにはいかない！」

しかし、シュバルツ殿下は首を大きく横に振る。

この方は自分に対して厳しい人だ。

やりたくないからやらないなどという身勝手な選択は、決してしないだろう。

(殿下は正しい。でも、正しいからといって私は――)

「シュバルツ殿下の仰ることはもっともです。ですが、私はあなたの妻になる身として一度だけわがままを言わせてください。……どうか、その剣を収めてくださいませんか？」

「……わがまま、か。まったく君には敵わないな」

シュバルツ殿下は苦笑いしながら剣を鞘に収める。

そして、尻もちをついたまま立ち上がろうともせずに、震えているクラウス殿下のほうを向く。

「ジルに感謝するんだな、兄上。俺はこの手で引導を渡すつもりだったが……」

クラウス殿下はなにが起こったのか理解できずに呆然としていた。

そんな彼の顔面を、シュバルツ殿下の拳が直撃する。

「な、なにを……!? ぐはっ‼」

その剛腕たるや、一撃でクラウス殿下の意識を刈り取った。

「クラウス殿下‼ だ、ダメだ！ 完全に気を失っていらっしゃる‼ おのれ、シュバルツ殿下‼ 覚悟しろ！」

（あ、この兵士……思い出したわ。確かクラウス殿下の部屋に行ったときに護衛に付いていた人だった）

私はその兵士の顔を思い出して、動き出す。

なぜなら、シュバルツ殿下に剣を向けたからだ。

（本物のジルならば、ここで怯むなどあり得ないはず！）

「殿下に手を出させません！ 雷の精霊よ！ 我が眼前の敵を殲滅《せんめつ》せよ！」

「ぐあああっ‼」

私が放った電撃を受けて、兵士は倒れる。

（ふう……これでよし！）

「これ以上の交戦を望むなら私も容赦はしません！　大人しく降参してください！」

私はシュバルツ殿下の前に立って兵士たちに宣言する。

これで引いてくれるといいのだけど……。

「クラウス殿下の意識も戻りそうもない……もはやこれまで、か」

兵士の隊長らしき人物が悔しそうに呟き両手を上げると、兵士たちは一斉に降伏する。

（なんとかなったみたいね……良かった）

私はほっと胸を撫で下ろす。

「ジル、いやミネア。助かったよ」

「いえ、私は殿下のお力になれたことを嬉しく思っています」

（やっぱり私がミネアだと気付いていたんだ。だからわがままを聞いてくれたのね）

シュバルツ殿下に耳元で静かに感謝され、私は頬が熱くなるのを感じながら答えた。

やはり殿下にこの距離まで近付かれるのには、まだ慣れない。

「それに、あのとき止めてくれてありがとう。君がいなかったら、俺は取り返しのつかないことをしてしまうところだった。だが、ケジメとはいえ、殴るだけでもこんなにも痛いのだな……」

「殿下、どうかご自分をあまり責めないでください。クラウス殿下はやりすぎたのです」

私はシュバルツ殿下を労わる。

陛下を刺すなど、誰がどう見てもやり過ぎだ。

「ありがとう。心が軽くなった気がするよ」

シュバルツ殿下は私の手を取ると優しく微笑む。

（そ、そんな顔をされたら……）

私は鼓動が速くなるのを感じながら、シュバルツ殿下の目を見つめ返した。

「さて、これはもう、結婚式どころじゃないな。後始末も大変だ」

シュバルツ殿下は困った顔をすると、私に提案する。

確かに結婚式どころではない状況だ。

「そうですね。ですが、私も微力ながらお手伝いします」

（とは言っても……私は……）

私は周囲を見渡す。

本物のジルは陛下を治療しているはずだが、大丈夫だろうか？

「シュバルツ！　無事だったか！」

「陛下！　よくぞご無事で！」

そんなとき、国王陛下がシュバルツ殿下の姿を見つけて安堵の表情を浮かべてこちらに駆け寄ってくる。

良かった。さすがは最高の聖女だ。

治癒魔法の腕は超一流なのは知っていたが、陛下の傷は完治しているように見える。

「陛下、ご心配おかけしました。クラウスはジルの活躍のおかげで、拘束できました」

シュバルツ殿下はその場で、陛下に状況を説明した。

「……そうか、すまなかったな。まさかクラウスがあんなことを企てていたとは」

「いえ、陛下が謝る必要はありません。私がもっと早く対処していれば良かったのです」

「そんなことはない、今回の件は親であるワシにも責任がある。クラウスの心の闇を見抜けなかった」

「陛下……」

国王陛下の言葉にシュバルツ殿下はなにも言えなくなる。

(陛下も責任を感じているのね)

私は固唾《かたず》を呑んで見守る。

ここから先は部外者である私たちは口出しをしないほうが良いだろう。

「……クラウスの処遇に関してはまた話し合うとしよう。シュバルツ、ジル殿、それに他の者もご苦労だった」

国王陛下は私たちに労いの言葉をかけると、駆けつけてきた騎士たちに命じてクラウス殿下を連行させた。

(これで一件落着かしら？　でも、大事なことを忘れているような気が――)

「そういえば、先ほどまでワシはジル殿に治療を受けていたはずなのに……シュバルツの話によればお主はここで活躍していたと言う。これはどういうことだ？」

しまった……!!

本物のジルが陛下の治療をしていたんだった。

それなのに、陛下がこっちに戻ってきたら、ジルであるはずの私がその時分に反乱を起こした兵士たちを鎮圧しているって。

（わ、私のバカ！　ついうっかりしてたわ）

「あ、あの……それは」

私はしどろもどろになる。

まずい、これは非常にまずい状況だ。

「ジル殿？　あなたはいったい……」

国王陛下が私を訝しげに見つめる。

（ど、どうしよう？　どうしたらいいの!?）

もうこうなったら本当のことを話すしか――。

いや、待て。それで本当にいいの……？

せっかくここまで上手くいっていたのに……。

「まぁ良い。とにかくジル殿はワシの命の恩人であり、この国を救ってくれた。無粋な話はやめよう」

「は、はい」

（た、助かったぁ……）

私は胸を撫で下ろす。

国王陛下は聡明な方だ。私の正体を見破ったのかもしれないけれど、追及しないでくださった。

「シュバルツ、こうなった以上、結婚式は別の日に仕切り直して行うことにしよう」

「もちろんです、このような状況では仕方ありません」

結婚式の延期に関してはシュバルツ殿下も言及していたので、快く了承した。

「さて、お主らも疲れたであろう。今日はもう休みなさい」

「はっ！」

「それでは、失礼します」

国王陛下がそう告げたので、私たちは頭を下げて式場をあとにした。

まさか、クラウス殿下が私の正体を暴こうとするだけでなく、こんな大騒ぎを起こすとは……。

「ジル……いやミネア。今日はよく頑張ったね。ほら、手を」

「はい、ありがとうございます」

シュバルツ殿下は私の手を取ると馬車までエスコートしてくれる。

そして、馬車に乗り込もうとしたとき――。

「待ちなさい」

「ジル……」

フードを深く被って顔を隠していたが、その声は紛れもなくジルだった。

彼女はシュバルツ殿下に一礼して口を開く。

「ミネア姉さん、このまま私の代わりにこの国で過ごすつもりなの？　それでいいの？」

「…………」

ジルは私に問いかける。

私はすぐに答えられなかった。

あまりにも彼女の顔が真剣そのものだったから。

（でも、答えは明確だ。今、それを問われてもなにも変わらない）

もう覚悟したのだ……この国で生きようと。

「ええ、ベルゼイラ王国で生きるつもりよ」

「それは平和のためとか、家族のためとかそういう――」

「いいえ、違うわ。これは私がやりたいことなの。この国で私は……欲しかったものが手に入れられると思うから」

「欲しかったもの？」

ジルは不思議そうに首を傾げる。

その仕草を見て私は笑いそうになってしまったが、それを堪えて再び口を開く。

「ええ、そう。私が手に入れたかったものはね……」

「別に興味はないわ。そんなもの」

「はぁ？」

ジルは私の答えがあまりにも予想外だったのか、呆れたようにため息をつく。

（興味はないって……人の覚悟をなんだと思っているのよ！）

私は苛立ちを感じたが、ぐっと堪えると妹に目を向ける。

「姉さんの考えていることはよくわかった。私はあなたに負い目を感じて生きるのだけは嫌だったけど、その心配がないならどうでもいいのよ」

「どうでもいいって……あなた、ねぇ」

「だから、せいぜい私の見えないところで幸せになると良いわ」

「ジル……」

この子の考えが最後までわからなかった。

でも、ジルはきっと――。

「……さようなら」

そして、ジルはそのまま私たちに背を向けて歩き出した。

これが私たちにはちょうどいい距離感なのかもね。

「ジル」

私は去っていく妹に声をかける。

彼女は振り返らなかったけれど、私の声はきっと彼女に届いている。

「ありがとう」

それだけで、私には十分だった。

「……ふっ」

彼女の姿が見えなくなったところで、私は自嘲するように笑う。

（最後まであの子はあの子らしかったわね……）

妹のように堂々と自分を貫けるかどうかわからないけど、一つだけ確実なことがある。

この国でジル・アウルメナスとして生きていく。

それが私の新しい人生の第一歩……。

「ミネア、この国に残ると言ってくれて嬉しいよ。安心してくれ、俺が必ず君を幸せにしてみせるよ」

「ありがとうございます、殿下。その言葉だけで十分です」

シュバルツ殿下の心遣いが嬉しかった。

そうだ、殿下と一緒ならきっと幸せになれる。

「さぁ、帰ろう」

「はい」

そして、私たちは馬車に乗り込んだ。

まぶたが重い……いろいろとあった一日だったから。

（でも、だからといってシュバルツ殿下の隣で寝るわけには……）

私は頑張って起きていようとするが、体が言うことをきかない。

でも、堪えなきゃ――。

「ミネア、君の屋敷についたよ」

「え……？　わ、私、寝ちゃっていましたか？　も、申し訳ありません！」

「いや、構わないよ。ほら、しっかり」

シュバルツ殿下は私を優しく抱き起こすと、馬車から降りようとする。

(恥ずかしいわ。よりによって、殿下に寝顔を見られるなんて)

私は自分の失態を恥じて、顔から火が出そうになっていた。

「殿下、その……申し訳ございません」

「ははは、二度も謝ることじゃないさ。疲れて当然だったと思うし、おそらく昨日から本物のジルと入れ替わっていて、ほとんど寝ていないのだろう？　安心したら睡魔が襲ってくるのは無理もないよ」

「あ、ありがとうございます。殿下」

シュバルツ殿下の気遣いに胸が温かくなる。

(やっぱり、殿下は優しいな)

「ほら、手を貸すから……自分の部屋でゆっくりお休み」

「はい！」

私はそう返事すると手を差し出す。

シュバルツ殿下が私の手を取り、屋敷の門をくぐった。

「そうだ、ミネア」

「あ、はい。なんでしょう？」

「その……落ち着いたらまたデートをしないか？　結婚式はおそらくかなり先延ばしになると思うから」

「もちろん、喜んで御一緒させてください！」

私はシュバルツ殿下のお誘いに笑顔を作って返事をする。

私は殿下の気遣いを嬉しく思っていた。

「じゃあ、俺はこれで……」

「あの！　シュバルツ殿下！」

「ん？」

私はシュバルツ殿下を呼び止めた。

（……どうして呼び止めてしまったのだろう？）

でも、このままなにも言わずにお別れするのはなんとなく嫌だった。

だから、想いを口にしよう。私の素直な気持ちを――。

「あの……ですね」

「うん」

彼は優しい笑みを浮かべて私を待ってくれている。

「……その、実は私……今とても幸せなんです」

「幸せ？」

「はい、殿下が私の側にいてくださって……本当に嬉しくて」

「……そうか。なら良かった」

シュバルツ殿下は安堵の表情を浮かべると、再び手を握ってくれた。

「俺も君が側にいてくれて幸せだよ」

(シュバルツ殿下……)

私は彼の優しい表情を見て、胸がいっぱいになる。

「だが、俺は欲張りなんだ。……できれば、君とともにもっと幸せになりたい。ずっと隣にいてくれないか？」

シュバルツ殿下は真剣な表情で私に語りかけ、そっと私を抱きしめた。

(こんな瞬間《じかん》が永遠に続けばいいのに)

彼の体温を肌で感じながら、私はそう願わずにはいられなかった。

「あの……シュバルツ殿下」

「はは、今は二人きりだ。殿下はいらないよ」

「で、ではシュバルツ様。ずっとお慕いしております」

私はシュバルツ様の腕の中でそう呟いた。

「ありがとう。今日はよく休んでくれ」

「はい。お気遣いありがとうございます」

シュバルツ様は耳元でそう囁くと、心臓の鼓動がまた速くなる。

私はこれ以上の緊張に耐えられないかもしれないと思い、そっと彼の胸を押して離れた。

「じゃあ、俺はこれで失礼するよ。また明日」

「はい！」

シュバルツ様は私に手を振って去っていった。

（明日からどうなるのかしら……でも、シュバルツ様と一緒ならきっと大丈夫）

私は心の中で呟き、屋敷に戻った。

エピローグ

「天と地を司る精霊たちよ！　大地に恵みの雨を降らせ、実りをもたらせ‼」

「おおっ‼」

「すげぇ……！」

私が魔法を唱えると、分厚い雲が上空を覆い、恵みの雨が降り注ぐ。

王都の外れの村人たちは歓喜の声を上げた。

彼らの畑に降った雨は、根腐れしていた作物を蘇らせ、再び実りをもたらしたのだ。

私は村人たちの喜ぶ姿を見ると、自然と顔がほころんでしまう。

この国に来てからというもの、毎日が充実していた。

（まさか私が聖女として人の役に立てる日がくるなんて……）

私は自分の起こした奇跡に喜びを隠せなかった。

「ジル様！」

「聖女様‼」

村人たちは私に駆け寄ってくると、口々に私を褒め称えてくれる。

誰かの役に立ちたくて覚えた精霊術、それがこうして人のために使われている。

「ジル様！　どうか私たちの畑にもお恵みを！」

「南の村もお願いします！　作物を生き返らせてください！」

すると、他の村人たちも自分の畑や作物について懇願してきた。

（こんなに喜んでもらえるなんて……）

私は胸が熱くなるのを感じながら呪文を詠唱する。

（人の役に立つことがこんなに嬉しいなんて思ってもみなかった）

村々が歓喜の声を上げる中、私は今までに感じたことのない充足感に包まれていた。

「上手くやっているみたいだね。さすがだ」

「シュバルツ様！」

聖女としての活動をしている私の様子を見るために、シュバルツ様が来てくれた。

彼が来てくれるだけで私の胸は高鳴る。

「君が聖女として務めに出たいと言ったときは驚いたけど、君の力で農作物も豊作のようだ。すべて君の努力の成果だよ」

「いいえ、シュバルツ様のご協力があったからです」

彼はいつも私を褒めてくれるけど、それは事実じゃない。

彼こそ、この王都を元気づけるために、尽力してくれているのだ。

「そんなことはないよ。君の規格外の魔力はベルゼイラ王国に多大な利益をもたらしてくれる。本当に感謝しているんだ」

「そんな……」

シュバルツ様は私を褒めちぎるが、私はどこかむず痒い気持ちだ。

聖女として務めを果たせているだけでも夢のようなのに、それ以上の評価を受けてしまうなんて……。

(でも、シュバルツ様に褒められると素直に嬉しい)

私はいつのまにか自分が笑っていることに気付いた。

「今日、君に会いに来たのにはもう一つ理由があるんだ」

「り、理由ですか?」

「ああ、兄上……いや、クラウス・ベルゼイラの犯した罪に対する処遇が正式に決まったよ」

「それは……」

(クラウスの処罰が決まる日……)

私は固唾を呑んでシュバルツ様の言葉を待った。

「クラウスは王宮から流刑地送りになったよ」

「流刑地ですか?」

「ああ、南の海を渡った先にある島だ。そこで一生を過ごすことになるだろう」

陛下の温情で死罪は免れたようだが、もしかしてこれはそれ以上に重い刑罰かもしれない。

私はシュバルツ様の言葉を黙って聞くことしかできなかった。

「クラウスと君の故郷の役人であるウェルナーの繋がりが明るみに出たことで、処罰が確定した。ウェルナーに関してはこの国へと引き渡しを要求しているが、生きた状態で送られてくるかどうかはわからない」

「そう、ですか」

ジルの話によれば、クラウスたちの言いなりになり、私と彼女の入れ替わりを提案したのが彼だったらしい。

つまりすべての元凶だと言えるだろう。

ちなみにクラウスの目論見が失敗して、ウェルナーはこっそり逃げ出そうとしたらしいが、すぐに捕まったとのことだ。

「これで一応、事件はすべて片付いた。今度こそ、君と本当の結婚式を挙げられそうだ」

「えっと、それって……」

私は驚いて彼を見つめると、彼は笑顔でうなずいた。

「ああ、今度こそ結婚しよう。もう俺たちの前に邪魔する者はいなくなった。やっと君を妻にできる」

「シュバルツ様……」

◆

「これよりシュバルツ・ベルゼイラ王太子殿下と聖女ジル・アウルメナスの結婚式を執り行う！」

「おおおおお‼」

王国中の貴族や近隣諸国の要人たちが見守るなか、私は純白のウェディングドレスを身にまとって壇上に立っていた。

そして、隣にはシュバルツ様が立っている。

(なんだか夢みたい……)

まさか、こんな日が来るなんて思いもしなかった。

クラウスの企みが発覚したあの日からなにもかもが変わった。

あの事件を機にシュバルツ様は王太子となり——今はこうして私は彼の隣に立っている。

この国に来て早々にプロポーズされ、私は双子の妹ジル・アウルメナスとして、偽りの花嫁として、シュバルツ様とともに生きる道を選んだ。

(こうして愛する人と結ばれる人生だなんて、想像していなかったわ)

感慨に浸りながら、私はシュバルツ様とともに司教様の前に立つ。

「では、誓いの言葉を」

司教様の言葉に従い、シュバルツ様が私のヴェールを上げる。

そして、私たちは見つめ合うと互いに微笑み合った。

「汝、シュバルツ・ベルゼイラはジル・アウルメナスを妻とし、健やかなるときも病めるときも共に歩み、死が二人を分かつまで愛し合うことを誓いますか?」

「ああ、誓う」

「汝、ジル・アウルメナスはシュバルツ・ベルゼイラを夫とし、健やかなるときも病めるときも共に歩み、死が二人を分かつまで愛し合うことを誓いますか？」

「はい。誓いますわ」

司教様の言葉に私たちは宣誓する。

「それでは誓いの口付けを」

私たちは向かい合い、そして唇を重ね合わせる。

（ああ……幸せ）

神様の前で誓いのキスをすると、自然と涙が流れてきた。

まるで全身の体重が、シュバルツ様のほうに引き寄せられているような感覚に陥る。

そして、私たちはゆっくりと唇を離し、互いに見つめ合った。

「ジル」

「はい」

彼は優しく微笑み、私の名を呼んだ。

その声はどんな歌よりも心地よく、どんな音楽よりも私を魅了する。

「愛しているよ」

「私もです……シュバルツ様……」

そして、シュバルツ様は私を強く抱きしめ、再び唇を重ねた。

私はそんな彼の温もりを感じながら、目を閉じる。

（ありがとう……私の心を救ってくれて）

彼と出会わなければ私は今頃どうなっていたのかわからない。

シュバルツ様は私が生涯手に入らないと思っていたものをプレゼントしてくれたのだ。

それがたまらなく愛おしくて、私は彼をそっと抱きしめ返した――この瞬間の幸福が未来永劫に続くことを願いながら。

きっと大丈夫。

彼とならば、どんなときもなにが起きても明るい未来へと歩みを進められると信じているから。

novel スピラ

身代わりの花嫁は優雅な人質ライフを満喫する

発行日 2024年2月19日　第1刷発行

著者　冬月光輝

イラスト　夏葉じゅん

編集　定家励子（株式会社imago）

装丁　しおざわりな（ムシカゴグラフィクス）

発行人　梅木読子

発行所　ファンギルド
〒160-0022 東京都新宿区新宿2-19-1ビッグス新宿ビル5F
TEL 050-3823-2233　https://funguild.jp/

発売元　日販アイ・ピー・エス株式会社
〒113-0034 東京都文京区湯島1-3-4
TEL 03-5802-1859 / FAX 03-5802-1891
https://www.nippan-ips.co.jp/

印刷所　三晃印刷株式会社

　ISBN 978-4-910617-20-6　Printed in Japan

～形式上の妻ですが、
なぜか溺愛されています～
大魔術師様に
嫁ぎまして
1
こじらせ
王弟
×
虐げられた
令嬢
政略結婚から純愛に!?
著者：狭山ひびき　イラスト：木ノ下きの